포스트콜로니얼리즘과 코스모폴리타니즘

포스트콜로니얼리즘과 코스모폴리타니즘

— 정형철 지음

도서출판 동인

* 이 저서는 2009년 정부(교육과학기술부)의 재원으로 한국연구재단의 지원을 받아 수행된 연구임(KRF-2009-32A-A00077).

이 책은 "타자들의 횡단적 소통: 서유럽 제국 공간에 나타난 탈식민주의 문학과 그 이후, 혹은 코스모폴리타니즘"이라는 제목의 한국연구재단 지원 연구(2009-2011)에 공동연구원들 중의 한 사람으로 참여한 나의 연구 결과물이다. (논문 2편을 발표하는 것이 연구계획서를 작성했을 때의 계획이었는데, 저서를 출간하는 것으로 확대하게 되었다.)

나는 이 연구의 중심적인 주제인 탈식민주의와 세계시민주의, 즉 번역용어의 한계를 피하기 위해 내가 이 책의 제목에서 쓴 것과 같이 음역하는 편이 더 편리한 것으로 여겨지는 "포스트콜로니얼리즘"postcolonialism과 "코스모폴리타니즘"cosmopolitanism에 대한 연구를 심화하기 위해서는 문학과 함께 예술, 특히 시각예술 분야에 대해서도 점검해야 할 필요가 있다고 보게 되었다. 그와 같은 관점에서 나는 연구기간 중 부산외국어대학교에서의 집담회에서 "시각적 이미지와 식민주의적 응시"라는 제목으로 공개발표를 했으며, 이 내용을 보완하여 한국비교문학회의 학술지『비교문학』제53집(2011년 2월 28일 출간)에 논문을 발표했다.

이 책에 포함되어 있는 "포스트콜로니얼리즘과 시각적 식민주의"와 "포스트콜로니얼리즘과 대위법적 독법"은 그 논문의 내용이다. 이 논문을 발표하기 전에 연구계획서에 따라 작성한 논문이지만 학술지에 수록하지 않았던 "문화적 저항의 방식들: 탈식민주의 문학과 물크 라지 아난드"도 "시각적 이미지와 식민주의적 응시"와 함께 다시 편집하여 이 책에 포함시켰다.

영문학 분야의 포스트콜로니얼리즘 논의에서 상대적으로 제외되었던 영국 작가들 가운데 물크 라지 아난드Mulk Raj Anand와 폴 스캇Paul Scott을 주목하고 그들의 작품들 속에서 인도와 영국이 각각 어떻게 형상화되어 있는지를 조사하면서, 동시에 포스트콜로니얼즘적 비판과 코스모폴리타니즘적 지향은 어떻게 나타나고 있는지를 확인하려고 했던 것이 나의 연구계획서 작성 단계에서의 목표였다. 그런데 검토 과정에서 나는 아난드의 작품들, 특히 그의 『불가촉인』Untouchable은 포스트콜로니얼리즘과 관련한 논의를 전개할 수 있으나 스캇의 작품세계는 코스모폴리티컬 공동체의 정신이라는 면에서 한계가 있음을 확인하게 되었으며, 스캇 대신 연구를 위한 구체적인 분석 대상으로 하니프 쿠레이쉬Hanif Kureishi에 대해 주목하게 되었다. 그의 작품들 가운데 특히 『교외의 부처』The Buddha of Suburbia가 코스모폴리티컬 공동체의 정신이라는 주제와 관련된 논의를 전개하는 데에 적합한 면이 많다고 보게 되었다.

연구기간 동안 내가 작성한 논문들과 검토한 자료들을 장들로 나누어 정리하는 과정에서 이미 다른 장에서 진술했던 내용이 반복되는 부분도 있었지만 문맥상 필요한 경우는 그것을 삭제하지 않았다. (이 책에 실린 "포스트콜로니얼리즘과 예이츠," "포스트콜로니얼리즘과 노마디즘," 그리고 "코스모폴리타니즘과 문화적 아이덴티티"는 연구기간 이전에 내가 쓴 글들이지만 주제와 관련하여 수정, 보완한 것이다.) 머리말 이후는 목차의 순서대로 읽어야 할 필요가 없는 이 책의 장들을 각각 독립된 것으로 읽을 수 있도록 저자의 이름이나 책의 제목과 용어들을 쓸 때는 해당하는 영어 단어들을 각 장마다 동일하게 괄호 속에 병기했다. 특히 주요 용어들은 우리말로 번역하기보다 음역하는 쪽을 택했는데, 물론 "탈식민적," "탈식민화"와 같이 의미가 분명한 것들과 일반화된 것들은 번역용어를 사용했다.

이 책은 현재 한국의 영문학계에서도 따르고 있는 *MLA Handbook*의 연구 논문 작성 양식을 이용하고 있다. 인용한 논문 혹은 책의 저자의 이름과 페이지 수를, 같은 저자의 책이 2권 이상일 경우는 책명과 페이지 수를, 그리고 본문 속에 저자의 이름이 나온 경우는 페이지 수만 괄호에 넣어 본문 속에 명시하는데, 그 책들에 대한 정보는 이 책의 마지막 부분에 일괄 정리한 인용문헌 목록을 통해 알 수 있다. 외국 저자의 책인데 제목이 『오리엔탈리즘』과 같이 우리말로 된 것은 우리말 번역서에서 인용한 경우이다. (편의상 이 책에서는 외국 저자의 이름은 처음 나올 때와 장이 바뀐 경우는 괄호 속에 원어를 삽입한다. 같은 장에서는 처음 나올 때를 제외하고는 성만 우리말로 표기하기로 한다.)

이 책에 포함된 그림들과 사진들은 위키피디어Wikipedia에 의하면 저작권이 소멸되어 공적 영역public domain으로 편입된 것들이다. 이 책에 수록된 글들에는 아직 우리말로 번역되지 않은 다양한 책들로부터의 인용문들이 많고, 특히 "코스모폴리타니즘과 디아스포라"라는 제목으로 묶은 글은 인용문들 위주로 정리한 것인데, 그렇기 때문에 같은 주제에 대한 앞으로의 연구를 위해 미흡하지만 참고할 수 있는 하나의 자료가 될 수도 있을 것 같다. 부족한 채로 이 글들을 마무리하는 것은 연구보고의 마감일 때문만이 아니라 이 일도 완벽에 대한 기대로 계속 연기하다가 포기할 수는 없다는 판단 때문이다. 포스트콜로니얼리즘이나 코스모폴리타니즘은 나의 주된 지적, 학문적 관심의 대상이 아니다. 그러나 인문학도로서 이와 같은 주제에 대해서도 일정한 관심을 가질 수밖에 없다는 점에서 이 연구에 공동연구원으로 참여할 수 있었던 것은 소중한 경험이었다고 생각한다. 연구책임자 박상진 교수를 비롯하여 나와 함께 공동연구원들로 참여한 김용재, 변기찬, 이송이, 박효영, 황미은 교수들께 고마움을 표현하고 싶다.

차례

스펙터클

포스트콜로니얼리즘과

일반적으로 식민주의는 타민족의 영토에 대한 강제적 침탈과 통치를 뜻하는 것이지만, 우리는 타인에 대한 비합리적 억압과 지배를 정당화하는 이데올로기를 뜻하는 것으로 그 개념을 확대할 수 있으며, "포스트콜로니얼리즘"postcolonialism도 그러한 이데올로기에 대한 과학적 조사와 비판적 극복을 뜻하는 용어로 쓸 수 있을 것이다.

예를 들면 "아이들은 어른들에 의해 식민화된다"라는 명제를 제시하는 아동문학 비평에서도 식민주의 개념의 확대를 볼 수 있다. 에드워드 사이드Edward Said의 오리엔탈리즘Orientalism 연구를 아동문학 연구에 도입한 페리 노델만Perry Nodelman은 사이드의 이론이 식민주의적 사유에 대한 영향력 있는 분석의 방법이 되었듯이, 아동문학의 양상들에 대한 포스트콜로니얼 분석에서도 유용한 논거를 제공했다고 인정한다(164).

마찬가지로 클라우디아 폰 벨로프Claudia von Werlhof를 비롯한 페미니스트들이 공저한 『여성, 최후의 식민지』Women: the Last Colony라는 책의 제목이나 "현실세계에서도 여성은 이미 최후의 식민지로 속박되는 역사를 떨치지 못하고 있다"(윤혜린 53)는 진술에서도 그와 같은 식민주의 개념의 확대를 볼 수 있다.

　"식민주의"와 마찬가지로 "포스트콜로니얼리즘"이라는 용어도 맥락에 따라 다양하게 쓸 수 있지만, 대체로 "탈식민화된" 상태에 대한 묘사가 아니라 "탈식민화해야 한다"는 주장을 담고 있는 것으로 쓸 때가 많다. 즉 우리가 영어 단어 "postcolonialism"을 "후기식민주의" 혹은 "식민주의후기"가 아니라 "탈식민주의"로 번역하는 것이 더 적절한 경우가 많은 것은 그것을 식민주의에 대해 비판하는 일종의 대항담론counter-discourse으로 보는 것이 자연스럽기 때문이다. 물론 영어권에서 그 용어는 "탈식민화된" 상태를 묘사하는 것으로 쓰이기도 한다. "우리시대는 포스트콜로니얼리즘의 시대가 아니라 강화된 콜로니얼리즘의 시대이다"라는 말은 그렇게 쓴 하나의 예이다. 그런데 우리시대의 어떤 민족국가의 사람들에게는 이미 "탈식민화된" 상태라는 현실인식은 아직 폐기되지 않은 채 다만 재조정되고 있을 뿐인 다양한 식민주의적 지배형식들에 대한 이해를 어렵게 만드는 것이 사실이다.

　유럽제국들 혹은 식민종주국들이 식민지인들에 대한 정신적, 문화적 예속을 강화하기 위해 만든 식민담론을 비판하는 포스트콜로니얼 대항담론의 형성은 식민적 재현에 대한 정확한 식별을 전제로 해야 한다. 우리는 식민주의자들이 식민지인들을 관리하고 통제하기 위해 이용한 식민적 재현의 방식들 중의 하나로서 식민주의적인 시각적 재현 혹은 시각적 식민주의도 포함시킬 수 있을 것이다. 즉 식민종주국의 식민권력을 정당화하는 데에 시각적 재현들이 어떻게 이용되었는가? 라는 물음과 함께 또한 그런 식민권력에 대한 저항을 위해 시각적 재현들이 이용된 방식들에 대해서도 조사해 볼 수 있을 것이다.

시각적 경험이란 "직접적이고 보편적이라기보다는 항상 우리의 지식과 믿음에 의해 매개되며 타자들과의 관계 속에서 이루어지는 사회적, 역사적인 것"(주은우 20)이라는 점에서 시각은 사회의 이데올로기와 내밀한 관계를 가지게 되는 것으로 보아야 한다. 시각이 감시를 통해 인간과 사회를 억압하는 데에 공모한다는 관점이 "식민주의적 응시"the colonial gaze에 관한 논의에서 중시되는 것도 그와 같은 맥락에서 이해된다.

식민종주국 사람들의 "식민주의적 응시"는 식민지인들 혹은 토착민들의 삶이나 그들의 생활터전이 되는 땅을 정복하고 풀어야 할 하나의 "문제"로 보지만, 탈식민적 시각은 그것을 "문제"가 아니라 오히려 쓰다듬고 치유해야 할 하나의 "상처"로 본다. 롤랑 바르트Roland Barthes는 『카메라 루시다』Camera Lucida에서 그런 시각을 지닌 자를 "감상적感傷的 관찰자"sentimental spectator라고 부른다(21). 그러므로 식민적 재현과 그것에 대한 탈식민적 저항 사이의 대립은 "식민주의적 응시"와 "감상적 관찰자"의 시각 사이의 대립적 구도라고 할 수도 있다.

서양에서 식민주의와 제국주의의 확산에 수반된 문화적 변화 양상에 대해 이해하게 되면 시각이 신뢰할만한 지식을 전달하는 능력이 있는가? 라는 물음에 대한 논의와 함께, 또한 시각에 수반되는 폭력의 형식에 대한 넓은 뜻에서의 포스트콜로니얼 비판을 시도할 수 있게 된다. 예를 들면 마이클 하트Michael Hardt와 안토니오 네그리Antonio Negri의 시각으로 보면 "제국은 겉으로 보기에 행복의 추구라는 동인을 따라 움직이는 것처럼 보이지만, 실제로는 실패, 배제, 고독에 대한 두려움과 긴밀하게 결합된 욕망의 동원에 기반하고 있는 스펙터클 사회다"(발라크리슈난 23)라는 진단이 설득력이 있다.

하트와 네그리는 기 드보르Guy Debord의 "스펙터클"spectacle 개념에 대해 언급하면서 "스펙터클 사회에서는, 한때 공적 영역이라고 생각된 것, 즉 정치적 거래와 참여의 열린 장은 완전히 사라진다. 스펙터클은 모든 집합적인 사회성 [사교] 형태를 파괴하며ー사회적 행위자들을 그들 각자의 자동차들 속에서 그리고 각자의 비디오 화면들 앞에서 개별화시킨다ー동시에 새로운 대량 사회성, 행동과 사유의 새로운 획일성을 부여한다"(『제국』 418-19)라고 쓰고 있다.

드보르가 1967년에 출간한 『스펙터클의 사회』Society of the Spectacle 에서의 분석은 모든 사회적 관계들을 물신화된 상품들에 의해 이미지화하는 시각중심주의ocularcentrism에 대한 비판적 진단이지만, 식민주의적 시각에 대한 점검을 위해서도 참고할 만하다. 능동적으로 우리가 "보는" 어떤 것이 아니라 "보이는" 어떤 것에 의해 우리가 수동적으로 지배되는 것이 "스펙터클"의 사회이다. 직접적 경험의 대상들이 모두 이미지로 변해 버린 사회, 즉 "직접적인 생체험이 가능했던 모든 것이 재현으로 퇴각해 버렸다"고 드보르가 진단하고 있는 이 사회에서는 사람들이 삶을 산다기보다 단지 그것을 구경할 뿐이다(Debord, Society 7).

드보르는 시각을 "가장 추상적이고 가장 쉽게 기만당하는 감각"이라고 진단하고, "스펙터클"을 "대화의 대립물," 즉 상호주관적 이해를 통해 가능하게 되는 구체적, 일상적 삶을 방해하는 일방적인 시각적 폭력이라고 비판한다. "실제세계가 순전한 이미지들로 변형될 때, 그 순전한 이미지들이 실제존재들이 된다"는 것이다. "최면상태의 행위a hypnotic behaviour를 위한 직접적인 동기를 제공하는 역동적인 허구"라고 정의되기도 하는 스펙터클은 이미지들만의 문제가 아니라 "사람들의 행동, 사람들의 실천적인 재고와 교정"을 회피하는 것이라고 비판된다(Debord, Society 11). 드보르는 『스펙터클의 사회』가 출간된 지 20년 후에 쓴 『스펙터클의 사회에 대한 논평』Comments on the Society of the Spectacle에서 "스펙터클적 지배의 첫 번째 우선 사항은 가장 최근의 과거에 대한 합리적인 정보와 논평에 대한 것들로부터 시작하여, 일반적인 역사적 지식을 제거하는 것이다"(13-14)라고 말한다. 우리는 "역사적 지식"을 교묘하게 제거하고, "최면상태의 행위"만을 가능하게 하는 이런 사회를 시각적으로 식민화된 사회라고 할 수 있을 것이다.

식민화 과정에서 시각적 이미지들이 많이 활용되었는데, 특히 식민지인들을 야만시하는 시각적 이미지들이 문명의 기준으로 상정되는 유럽의 제국주의를 정당화하는 데에 이용되었다. 그런 시각적 이미지들은 비서구세계를 다루는 서구의 사진들과 같이 정상적인 것들the normal과 이국적인 것들the exotic이라는 대립의 구도를 확립하는 경우가 많다.

예를 들면 외젠 들라크루아Eugène Delacroix, 피에르 오구스트 르느와르Pierre Auguste Renoir, 앙리 마티스Henri Matisse 등과 같은 유럽의 화가들이 그린 오달리스크Odalisque 그림들, 즉 이슬람 제국의 황제나 내관들의 궁전 은밀한 장소인 하렘Harem에서 시중들던 여인들을 지칭하는 오달리스크들의 자태를 그린 그림들을 "감상적 관찰자"의 시각으로 볼 때, 우리는 서양의 "식민주의적 응시"에 의한 동양의 재현에 담긴 스테레오타입을 제대로 확인할 수 있게 된다.

식민주의 시대 서양인들이 동양 여성을 도색적으로 묘사하고 "음탕의 형상"a figure of licentiousness으로 제작하는 것은 식민주의와 가부장제도에 의한 이중적인 여성억압, 즉 "이중 식민화"a double colonization의 예라고 비판하는 시각이 있다(McLeod 201). 한편 같은 시대 백인 여성들에 대한 서양인들의 묘사는 높은 도덕적 기준들을 전형화하는 것이었다는 점도 지

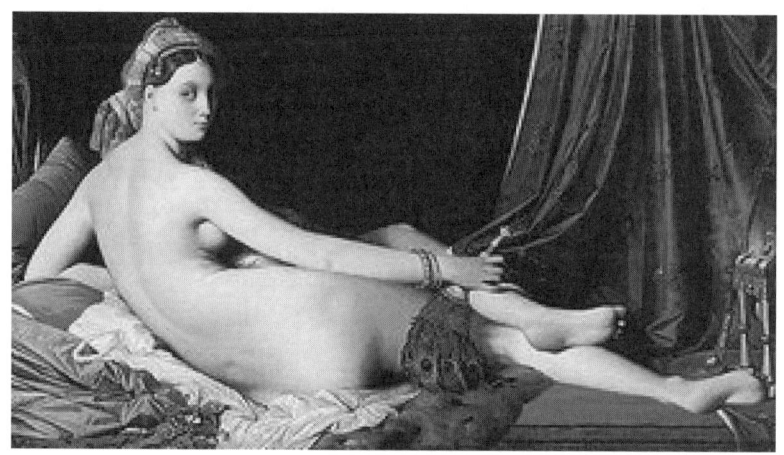

그림 1. 장 오귀스트 도미니크 앵그르 Jean Auguste Dominique Ingres 1814
Grande Odalisque

적할 수 있다.

잉게 E. 보에르Inge E. Boer는 오달리스크 그림들을 동양에 대한 스테
레오타입적 재현이라고 보고, 하렘에 대한 묘사가 동양에 대한 제국주의적
지배의 구실로 이용되었다고 진단한다(93). 호색적인 관능과 내밀한 폭력
의 장소로 재현된 하렘과 오달리스크들의 이미지는 동양은 자율적인 통치
가 불가능한 야만적이고 비합리적인 곳이라는 인식을 주입시킴으로써 서
양에 의한 타율적 식민통치를 합법화하는 핑계가 되었다는 것이다. 그 이
미지는 "문명화 임무"mission civilisatrice라는 위장 하에 스테레오타입들을
파괴하기보다 오히려 정교하게 조작했다는 보에르의 설명은 설득력이 있
다. 오달리스크 그림들을 그린 오리엔탈리스트 화가들은 동양 여성들과 그
들이 사는 공간인 하렘의 베일을 벗겨내는 것에 초점을 두었는데, 이렇게
벗겨내고 침투하려는 욕망에서 생성된 판타지가 결국 동양 전체를 여성적

공간으로 재현함으로써 동양에 대한 억압과 지배를 정식화한 동양의 여성화가 진전된 셈이다.

한편 린다 노츨린Linda Nochlin은 오리엔탈리스트 화가인 들라크루아의 오달리스크 그림들은 역사의 부재와 서양남성의 부재를 특징으로 한다고 분석한다. 노츨린에 의하면 오달리스크 그림들이 역사적 맥락을 초월한 것으로 묘사되는 것은 결국 역사적 과정에 의한 변화나 진보의 가능성을 차단해 버리는 것이었으며, 백인남성이 그 그림들 속에 직접 재현되어 있지는 않지만, 내재적으로 현존하고 있는데, "왜냐 하면 그의 응시가 통제하는 응시the controlling gaze로서 동양세계를 존재하게 한 응시"(37)이기 때문이다. 그것은 18세기 멕시코와 같은 스페인계 아메리카 식민지에서 제작된 카스타 그림들casta paintings이 사회적, 인종적 계층화를 위한 일종의 분류법으로서 백인을 토착민보다 우월시하고 흑인을 최하위에 있게 함으로써 차이를 분명하게 하는 식민주의의 이념을 나타낸 것과 같다. 카스타 그림들의 메시지는 "스페인인들의 인종적 우월성"을 확고하게 하려는 것이었다 (Ishikawa 216).

카스타 그림들은 18세기 멕시코 식민사회의 위계질서적 계층제도 *sistema de caste*를 통해 안정을 촉진하기 위한 이상화된 가족들의 이미지이다. 그 그림들 속에 묘사된 평온한 가정의 이미지는 결국 멕시코의 인종적 갈등을 은폐하는 것이었다. 이 그림들은 인종 분류racial classification의 서류형태라고 할 수 있다.

유럽제국의 식민주의 이념은 식민화된 타자the colonized Other를 만들고 스테레오타입을 확정하며 재생산하여 결국 그 유럽제국의 확장을 지원해 주는 역할을 한다. 동시에 유럽제국 각 민족의 민족주의적 아이덴티티의 형성에도 기여한다. 이 점에서 19세기에 유럽에서 건립되기 시작한 박

그림 2. *Las Castas* 18세기 멕시코의 카스타 그림

물관들에 대해서도 살펴볼 필요가 있다. 식민주의적 군사적, 과학적 탐험의 과정에서 포획하여 식민종주국으로 수송한 식민지 토착민들의 예술작품들이나 생활용품들을 전시하는 박물관들의 건립은 식민화된 문화들이 원시적, 야만적 상태라는 스테레오타입을 강화하는 식민화의 일환이었다는 점이 지적되어야 한다. 크리스티나 크렙스Christina Kreps의 설명과 같이, 박물관의 역사적 발전이나 종족지적 수집품들ethnographic collections은 서양의 식민주의적 맥락에서 검토된다(457-58).

예를 들면 프랑스 학자 실베스트르 드 사시Sylvestre de Sacy는 박물관을 동양에 대한 유럽의 지배를 위한 장치로 설정하고 있는데, 그는 박물관이 "모든 종류의 물품들, 그림들, 원본 서적들, 지도들, 여행기록들 등의 거대한 보관소로서 [동양에 대한 연구를 하기를 원하는 사람들에게 모두 제공하여 이 학생들 각자가 마치 마법에 걸린 듯 연구대상으로 삼은 것들이 무엇이든, 그곳 한가운데로, 예를 들면 몽고 부족이나 중국 종족 속으로 이전된 것으로 느낄 수 있게 하는 것"(Mitchell 498-99)이라고 쓰고 있다.

이와 같은 박물관의 식민주의적 의도는 우리시대에도 미국이나 유럽의 다양한 박물관들에 진열되어 있는, 아시아, 아프리카, 남아메리카로부터 가져온 문화적 유물들을 통해서도 확인된다. (박물관만이 아니라 동물원도 동양에 대한 19세기 서양의 식민 침략의 산물이라고 할 수 있다.) 사실 박물관이라는 것을 근대 서양의 문화적 고안물로 보는 서양의 "박물관학"museology의 관점은 비서양 문화권에서는 문화적 유물들을 보호, 관리하는 기구 혹은 박물관적 관리의 실천의지나 능력이 없다고 보는 서양 우월주의를 내포한다. 박물관들, 특히 종족지적 구역들(ethnographic sections)은 전문적, 객관적, 가치중립적 윤리에 의해 통제되는 것으로 제시되긴 하지만, 사실 자세히 들여다보면 그것이 식민 통치에 봉사하는 유용한 도구라는 점이 확인된다. 또한 박물관들의 건립과 같은 맥락에서 1900년과 1910년 사이에 영국이 많은 박람회들을 개최했는데, 겉으로 내세운 것은 과학적 증명이나 대중적 오락을 위한다는 명목이었지만 이러한 "스펙터클"들이 제국적 이데올로기의 물리적 구현들이었다는 지적도 주목할 만하다(Coombes 232).

19세기말에 이르러 이러한 시각적 식민주의가 소비지향적인 식민종주국 내부에서 만연되었는데, 이 시기에 제국주의의 상징적 기호들로 치장된 다양한 인쇄물들과 시각물들이 대량으로 제작되어 유포되었다(Parry 68). 예를 들면 대중소설, 삽화가 들어있는 신문, 잡지, 그림, 사진, 인상적 장면들을 담은 활인화tableau vivants, 그리고 과자, 차, 커피 등의 포장지에 새겨진 제국주의적 주제들이 담긴 로고들 등을 볼 수 있는데, 이러한 구체적인 자료들을 통해 시각적 식민주의의 양태들을 살펴볼 수 있다. 예를 들면 페드와 엘 귄디Fedwa El Guindi가 시각적 인류학visual anthropology에 대해 설명하면서, 식민종주국 사람들에게 식민지인들의 이미지들을 보여주기 위해 작성한 시각적 기록들이 인류학 그 자체에 내재된 식민주의적 유산을 공유한다고 지적한 것을 참고할 수 있다(41). 이것은 이민자들을 시각적으로 분류하는 작업을 통해 일종의 시각적 제국주의visual imperialism라고 할 수 있는 관행을 실행함으로써 생활세계들을 식민화한 양태들에 대한 조사를 통해서도 확인된다.

그와 같은 시각적 재현을 포함한, 동양에 대한 서양의 인식에 내포된 식민적 재현 혹은 오리엔탈리즘에 대해서도 알아보고, 사이드가 강조한 "대위법적 독법"contrapuntal reading과 호미 바바Homi Bhabha가 말한 "흉내내기"mimicry, 그리고 가야트리 스피박Gayatri Spivak의 "윤리적 특이성"ethical singularity이 어떻게 식민적 재현에 대한 상징적 저항의 방식들이 될 수 있는지에 대해 살펴볼 필요가 있다.

포스트콜로니얼리즘은 지배 권력의 본질을 조명하고 자율성을 지키는 데 꼭 필요한 실천담론이며, 해방, 독립, 평등, 정의를 추구하는 프로젝트라고 볼 수 있다. 포스트콜로니얼 담론은 식민종주국과 식민지의 대립 혹은 이념적으로는 제국주의와 그것에 대항하는 민족주의라는 이분법적 대립을 출발점으로 하면서도 그것의 창조적 극복을 지향하는 것이라고 할 수 있다. 그와 같은 창조적 극복은 어떤 방식으로 시도될 수 있는가?라는 물음에 대한 답을 찾아보는 것이 중요한 과제가 될 것이다. 특히 우리시대에 그 과제는 코스모폴리타니즘에 대한 이해를 통하지 않고서는 제대로 수행될 수 없을 것이다.

우리가 지향해야 하는 좀 더 포괄적인 관점에서 보면, 포스트콜로니얼리즘에 의해 제기된 문제는 지식과 일상생활 간의 관계와 관련된다. 즉 좋은 삶을 위한 적합한 지식은 무엇인가? 라는 물음에 대한 성찰, 좋은 삶이란 부당한 억압을 야기하지 않는 소박한 삶인데, 이론은 이와 같은 부당한 억압의 성격을 알 수 있게 해 주지만, 삶을 이론으로 대체하는, 이론에의 지나친 경도는 그 이론으로 해결하려고 하는 문제를 오히려 심화시키게 된다는 지적을 우리는 포스트콜로니얼리즘에 대한 이해와 비판에서도 참고해야 한다.

시각적 식민주의

포스트콜로니얼리즘과

아시아, 아프리카, 남아메리카의 여러 나라들이 서양 혹은 유럽제국들에 의해 식민화되는 과정에서 다양한 시각적 이미지들에 의한 시각적 식민주의가 파생되었다. 시각적 식민주의는 식민종주국 사람들이 식민권력을 유지하고 강화하기 위해 시각적 이미지들을 이용하는 방식들과 그런 식민권력에 대해 저항하는 탈식민적 시각문화의 양상들에 대한 조사를 통해 다각도로 논의될 수 있을 것이다. 모든 형태의 식민적 시각문화에 대한 조사는 시각적 재현이 식민권력을 형성하는 방식과 함께 시각적 재현이 식민통제에 대한 저항의 수단으로 이용되는 방식에 대해서도 주목하게 된다.

물론 식민주의는 시각만이 아닌 "감각적 지각작용의 다양한 형태들"을 통해 경험되는 것이고, "위계질서, 계층, 신분상의 구별들이 의복, 건축물, 표상형식들, 그리고 풍경의 조직화"와 "음식, 냄새, 소리 등과 관련되는 신체적 접촉에서의 새로운 관습들"의 형성을 통해서도 강화된다(Edwards

3). 그러나 이 장에서는 우선 시각적 재현들, 특히 시각적 이미지들이 식민주의적 지배 이데올로기를 정당화하기 위해 어떻게 사용되었는가에 대해 알아보려고 한다.

감각적 호소력과 영향력 면에서 문자보다도 더 강력한 효과를 지닌 시각적 이미지들이 식민화 과정에서 선전宣傳의 수단 혹은 식민화 이데올로기 유포의 수단으로 많이 사용된 것을 확인할 수 있다. 지배와 억압의 문화적 과정에서 강한 정서적 영향력을 지닌 시각적 이미지들이 상당한 역할을 하게 되는 것이 사실인데, 아시아, 아프리카, 남아메리카의 식민지인들 혹은 토착민들을 야만시하는 왜곡된 시각적 이미지들이 유럽 제국주의의 확산을 합법화하는 데에 이용된 것을 볼 수 있다. 이 점에서 겐 도이 Gen Doy가 "시각문화가 문자로 하는 의사소통의 방식보다 훨씬 더 설득력 있게 탈식민주의 이론의 개념들을 재현할 수 있다"(214)고 말하는 것이 이해될 수 있다. 존 도스트John Dorst가 지적하듯이, 근대 유럽과 미국의 식민주의 프로젝트는 19세기에 발생했던 "시각체제들visual regimes의 근본적인 재배열"에 깊은 관심을 기울였는데, "식민화한다는 것은 식민대상을 전유할 수 있는 인공물로서 일관되게 볼 수 있는 위치를 차지하는 것"(306)이라는 태도를 유지했다.

하나의 예로서 19세기 프랑스 화가인 폴 고갱Paul Gauguin의 타히티 그림들을 들 수 있다. 그 그림들은 미학적, 예술적 스타일을 중심으로 논의되기도 하지만, 인종이나 젠더와 연관된 식민주의의 맥락에서도 검토될 수 있다. 이른바 반(反)문명적인 원시주의primitivism의 야성적 자유를 예찬하는 것으로 해석되는 고갱의 이미지들은 문화/자연, 문명/야만, 서양/비서양, 백인/유색인, 남성/여성 등의 이분법적 대립의 구도 내에서 작동하고 있음을 주목해야 한다. 피터 메이슨Peter Mason은 "원시주의는 분명히

그림 3. 폴 고갱 Paul Gauguin 1891 I raro te Oviri

관찰재감상재의 눈 속에 있다"고 말하고 "어떤 대상들이 원시적인 것으로 보이거나, 원시적인 것이라는 표식이 붙게 되거나, 원시적인 것들을 대표하는 것으로 여겨지게 되는 것은 단지 그것들이 서양예술의 특수한 규범 혹은 정전canon들에 대한 대체물로 파악되는 방식 때문이다"(132)라고 쓰고 있다. 그의 그림들이 묘사하고 있는 타히티 여성들은, 마리타 스투르켄 Marita Sturken과 리사 카트라잇Lisa Cartwright이 지적하는 것과 같이, 근대문명에 의해 훼손되지 않은 세계, 즉 "원시적인" 세계를 대표하는 "이국적 타자"the exotic other로 설정된다(101-2).

이국주의exoticism의 대표적인 유형이라고 할 수 있는 원시주의라는 것은 서양인들이 자신들을 문명화된 존재로 구성하기 위해 필요로 했던 야만적인 타자를 설정하는 이념이다. 이른바 "원시적인" 비서양인들을 그러한 야만적인 "이국적 타자"로 만드는 서양인들의 시각을 "식민주의적 응시"the colonial gaze라고 할 수 있다. 존 리더John Rieder는 "식민주의적 응시는 보는 주체에게 지식과 권력을 분배하고, 그 보는 주체에 의해 대상화되는 보이는 존재에게는 권력에 대한 접근을 거부하거나 최소화한다"(7)고 정의한다.

"응시"gaze는 여성을 상품화하거나 욕망의 대상으로 고정시키는 이른바 "남성적 응시"male gaze에 관한 페미니스트들의 비판적 분석과 같이 주로 부정적으로 쓰인다. 이 개념은 개인들의 신체를 통제하는 제도적 권력의 행사에 대한 미셸 푸코Michel Foucault의 이론화 작업에서 이용됨으로써 활성화되었는데, 영어의 일상적 용법에서는 "gaze"라는 것이 "황홀감 속에서 보는 것"과 같이 다소 무기력한 태도를 함축하지만, 탈식민주의 이론과 페미니즘에서는 일종의 원형감옥적 감시panoptic surveillance에 의한 억압적 권력행사의 태도를 지칭한다. 타자를 보면서 해석하고 묘사하는 렌즈로서 "응시"는 피지배자들에 대한 정보와 지식을 만들어냄으로써 그들을 더욱 용이하게 통제하고 지배할 수 있게 하는 수단이 된다.

"응시"라는 용어는 로라 멀비Laura Mulvey가 1975년에 발표한 "시각적 즐거움과 서사적 시네마"Visual Pleasure and Narrative Cinema라는 에세이에서 미국 혹은 서양 영화들의 카메라의 시각이 여성을 사물화 혹은 물신화하는 "남성적 응시"를 대표한다고 지적한 이후로 중요한 비평용어로 활용되기 시작했다. 특히 정신분석적 페미니스트 영화이론가들이 영화의 이미지를 보는 관객의 응시가 스크린 상의 여성들을 대상화하는 "남성적 응시"라고 주장했다.

푸코는 "응시"라는 용어를 권력의 네트워크 내에서의 주체들의 관계를 설명하는 데에 이용한다. 푸코는 사회적 제도들이 일종의 "임상적 응시"the clinical gaze를 생성하는데, 그 "임상적 응시"에 의해 주체들은 감금당하고, 제도들은 그것을 이용하여 주체들의 행동들을 감시하며, 통제하고, 훈육한다고 본다. 이 점에서 "응시"는 사람이 이용하는 것이 아니라, 사람이 편입되어야 하는, 공간적으로, 제도적으로 구속된 관계이다. 감시당하는 주체들은 실제적인 감시주체가 없어도 감시체제a surveillance system와 같은 제도의 통제적 응시 속에 속박된 것으로 느끼게 된다(Struken 442).

"응시"는 "엿보는 자의 힘, 특권계급의 강제력, 전체주의적 감시의 권위"(Morgan 3)와 관련된다. 또한 "응시"는 "의미의 특정 가능성, 경험의 특정 형태들, 참여자들의 특정 관련성을 가능하게 해 주는 관습들의 투사"로서 그것은 "보는 자, 보이는 것, 보기의 관습들, 보기의 신체적, 제의적, 역사적 맥락들을 서로 연관시키는 시각 장the visual field"을 지칭하는 것으로 쓰인다(Morgan 4). 이런 맥락에서 "식민주의적 응시"도 식민종주국 지배계층의 식민지인들에 대한 권력 혹은 감시의 권위 등을 뜻하는 개념으로 쓸 수 있다.

식민지인들을 "이국적 타자"로 이미지화하는 "식민주의적 응시"에 의해 서양인들은 "제국화된 눈"the imperialized eyes을 지니게 되었다고 할 수 있다. 그런데 "제국화된 눈"은 식민종주국 사람들만이 아니라 식민지인들에게도 전이되어 내면화된다. E. 테일러 앳킨스E. Taylor Atkins는 "응시하는 행동과 응시되는 행동은 근본적으로 관찰자와 피관찰자 양쪽을 변형시킨다"(3)고 지적한다. 예를 들면 식민지 시대에 한국 사람들이 굿이나 탈춤을 일본인 인종학자들이나 사진작가들 앞에서 공연할 때 그것들은 공동체의 영적 정화나 사회 지배층에 대한 패러디가 되지 않고 관찰하는 일본인들로부터 구별되는 관찰되는 한국인들의 문화적 아이덴티티 혹은 차이의 지표가 된다는 것이다. 따라서 그 "제국화된 눈"을 치유하는 방법들에 대해 알아보는 일이 탈식민주의 연구의 중요한 목표들 중의 하나가 될 것이다. 그 방법들을 찾아보기 위한 예비적 단계로서, 식민지와 식민지인들을 "식민주의적 응시"에 의해 "이국적 타자"로 설정하고 재현하는 시각적 이미지들을, 대표적인 시각매체인 사진과 그림을 중심으로 살펴 볼 수 있을 것이다. (이 과정에서 기존의 연구들을 가능한 한 많이 참조하는 것이 앞으로의 연구를 위해서도 필요한 일이다.)

에드워드 사이드Edward Said는 『오리엔탈리즘』Orientalism에서 "비전이 설명을 파탄시키는 현상"(410)에 대해 언급하고, "오리엔탈리스트는 동양을 위에서부터 개관하고, 자기 앞에 펼쳐져 있는 파노라마, 즉 문화, 종교, 정신, 역사, 사회의 전모를 장악하고자 한다"(410)고 쓰고 있다.[1] 사이드에 의하면 동양을 열등한 타자로 설정하는 이데올로기를 의식적이든 무의식이든 유포하는 오리엔탈리스트는 "포괄적인 비전"comprehensive visions을 만들어낸다(411). 여기서 사이드가 "내러티브"와 대립시키는 "비전"이라는 것은 인과율에 따라 시간적 전개과정을 다면적으로 검증하는 통시적인 diachronic 스토리텔링과 달리 공시적인synchronic 단면적 단순화의 지배적이고 억압적인 "응시"와 같은 것이라고 풀이해 볼 수도 있다.

사이드도 "공시적인 본질화 비전"synchronic essentializing vision과 "특수화하는 내러티브"particularizing narrative를 대조한다(『오리엔탈리즘』411-12). 그런 비전은 동양을 "타자화"(othering)하는, 즉 상대를 적 혹은 열등한 존재로 만들고 억압을 합리화하는, 서양의 "식민주의적 응시"라고 할 수 있다. "식민주의적 응시"에 의한 "이국적 타자"의 형성은 "신비적 동양"the

---

1) 여기서 인용한 박홍규의 번역본에는 "설명"이라고 되어 있는데, 이것은 사이드가 "narrative"라고 쓴 것에 대한 우리말 번역이다(Said, 239 참조).

mystic East이라는 관념을 통해서도 확인된다. 리처드 킹Richard King이 말하듯이, "힌두교와 불교를 신비적 종교들로 재현하는 것은 동양의 종교와 문화를 세계에 대한 부정, 비도덕, 사회개선의 의지 결여 등으로 보는 서양의 오리엔탈리즘적 고정관념을 강화했다. 이것이 미신적이고, 전통구속적이며, 저개발된 아시아의 제 3세계 민족들과 대조적으로 서양을 진보적이고, 과학적이며, 자유주의적인 것으로 규정할 수 있게 만들었다"(336)고 할 수 있다.

유럽제국들 혹은 식민종주국들이 식민지인들에 대한 정신적, 문화적 예속화를 심화하기 위해 만든 식민담론colonial discourse에 대해 비판하는 탈식민주의적 대항담론counter-discourse은 우선 그와 같은 식민적 재현에 나타난 "식민주의적 응시"에 대한 정확한 식별을 전제로 해야 할 것이다. 스테판 아이젠호퍼Stefan Eisenhofer는 "식민주의적 응시"는 특정의 비유럽 사회들에 대한 유럽사회의 "문화적 우월성"을 강조하는 것이라고 말하고, 이 "식민주의적 응시"에 의해 비유럽 문화들이 "무서운 이미지들"frightful images로 나타난다고 진단한다(9).

식민주의 혹은 탈식민주의 시각에서 그러한 "무서운 이미지들"과 같은 시각적 이미지들을 검토하는 연구들이 시도되었는데, 예를 들면 서양의 탐험가들과 선교사들, 그리고 행정관료들이 제작한 식민지인들에 대한 사진들을 제국주의적 정복의 맥락에서 조사하는 연구들이 있다. 특히 사진은 단지 미학적 장르라기보다 일종의 다큐멘터리로 여겨졌기 때문에 식민지의 생활과 식민지인들의 정체성에 대한 확실한 증거물로 인정될 수 있었다. 길리언 로즈Gillian Rose가 판단하듯이, 그러한 연구들에 의해 증명된 것은 그 사진들이 "다른 '인종'들 간의 절대적 차이들을 입증하고 서양의 '문명'을 향한 진보의 위계질서 속에 모든 인종들을 설정하는 19세기 담론들과 제도들에 의해 중요성이 부각되었다"(219)는 사실이다.

『내셔널 지오그래픽』*National Geographic*과 같은 잡지의 시선이 정상적인 것들the normal과 대조적인 이국적인 것들the exotic이라는 범주를 확립하고 있다는 비판도 같은 맥락에서 검토해 볼 수 있다. 1888년에 창간된 이 잡지는 현재까지도 "식민적, 제국적 배열"과 "백인 혹은 서양의 우월성"을 공공연하게 드러내고 있다고 지적되는데, 그것을 은폐하는 "순수성의 전략들"strategies of innocence에 대한 비판적 논의가 있다(Rothenberg 9). 캐서린 러츠Catherine Lutz와 제인 콜린스Jane Collins는 이 잡지가 다른 사진잡지들과는 달리 갈등의 이미지들을 제시하는 것을 부단히 회피하고 있다고 주장한다(203).

예를 들면 1960년대 미국 내에서의 흑인민권 운동이나 베트남에서의 반식민 투쟁 등이 진행되었던 기간 동안에도 이 잡지는 서양과 비서양, 백인과 흑인 간의 접촉을 보여주는 사진들을 제거함으로써 사회적 조화라는 환상이 유지되게 했다는 것이다. 러츠와 콜린스는 이 잡지와 관련하여 7개의 응시의 교차에 대해 정리한다. 그것을 요약정리하면 다음과 같다 (88). (a) 사진작가의 응시the photographer's gaze: 이 잡지의 사진작가들은 실제적, 상징적으로 백인 남성 사냥꾼/모험가이다. 사진의 구조와 내용을 정한다. (b) 잡지의 응시the magazine's gaze: 배후의 제도적 과정으로서 사진들의 편집을 결정한다. (c) 독자의 응시the reader's gaze: 사진작가들에 의한 대리 관찰로 인해 한계가 있다. 이 잡지를 읽는 독자들의 상대적으로 상류층인 계층적 차이에 의해 거리가 유지된다. (c) 비서양 주체의 응시the non-Western subject's gaze: 카메라를 대면하지만 곧 시선을 먼 곳으로 돌리거나 아무것도 보지 않는다. (d) 직접적인 서양적 응시the direct Western gaze: 이 응시는 식민주의적이며, 피사체가 되는 사람들을 이국적 타자the

사진 1. *National Geographic* November, 1896

exotic Other로 물신화한다. (e) 타자의 굴절된 응시ㅣthe refracted gaze of the Other: 식민화된 사람들이 식민화에 의해서만 역사적 자의식을 지니게 된 다고 보는 서양의 신화를 강화하는 응시이다. 역사와 변화는 서양만의 특 징이라고 보는 시각이다. (f) 학술적 응시academic gaze: 서양 독자의 응시 의 한 유형으로서 관음적voyeuristic이고 위계질서적hierarchic인데, 과학으로 가장하기 때문에 더욱 교활한 면이 있다.

1896년 11월호에 처음으로 가슴을 드러낸 비서양 세계의 여성 사진,

즉 "줄루의 신랑과 신부"Zulu Bride and Bridegroom를 실은 이후 이 잡지는 사람들을, 특히 비서양인들을 이른바 "자연 상태"의 모습으로 제시한다는 정책을 유지하고 있다. 가슴을 드러낸 비서양 세계의 여성 사진을 선호하는 그 잡지의 방식은 그 이후에도 계속 보인다.[2]

린다 스트릿Linda Street은 이 잡지가 젠더, 인종, 민족과 연관된 "정체성 형성과 차이의 위계질서 확립"이라는 서양중심적 이데올로기를 객관적, 교육적 목표라는 표면 배후에 은폐하고 있다고 지적한다(3). 스트릿은 그 잡지에서 특히 아랍인들이 어떻게 재현되었는가를 고찰하는데, 그 잡지의 남성주의적 수사학, 일방적인 문화적 접촉, 객관성 유지라는 주장, 서양 우월주의 등을 토대로 하는 "상상적 지리학"imaginative geography에 대해 비판한다(5-8).

식민지인들에 대한 유럽인들의 식민주의적 시각적 재현에 대한 비판적 논의들 가운데, 알제리 출신 저자인 말렉 알룰라Malek Alloula의 『식민지 하렘』The Colonial Harem도 살펴볼 수 있다. 이 책은 식민적 시각문화를 가능하게 한 조건들과 정치적 영향에 대해 고찰한 획기적인 책으로 평가받는다. 알룰라는 1900년에서 1930년 경까지 프랑스인들이 제작한 사진엽서에 나타난 알제리 여성들에 대한 시각적 재현이 오리엔탈리스트 판타지Orientalist fantasies를 유포하는 것에 대해 주목한다. 그는 그와 같은 재현들을 추적하는 것은 "식민주의적 응시"의 성격과 의미를 드러내는 것과 동시에 여성들의 신체에 집요하게 부착된 스테레오타입을 전복시키는 이중의 작전이 된다고 말한다(5).

---

2) 참고로 『내셔널 지오그래픽』 1910년 11월호에 실린 윌리엄 W. 샤펭William W. Chapin의 한국과 중국 여행기는 여러 장의 한국 관련 사진들을 포함하고 있는데, 그 사진들 중에 저고리 아래로 가슴을 드러낸 여성들의 모습을 담고 있는 것들을 볼 수 있다(그 잡지의 906-7, 910면 참조).

사진 2. 말렉 알룰라 Malek Alloula *The Colonial Harem* (p. 22)

특히 이 책은 베일을 쓴 알제리 여성의 이미지에 대해 관심을 기울인다. 카리나 아일레라스Karina Eileraas가 정리하고 있는 것과 같이, 베일 벗기기에 대한 강요는 혁명기간 동안에 있었던 반복된 식민화 전략이었다 (25-26). 프랑스 식민주의자들은 국가안보와 신분확인이라는 목적으로 베일 벗기기를 옹호했는데, 그것은 알제리인들의 민족적, 종교적 문화를 좌절시키려는 심리전의 수단이 되기도 했다. 그에 대한 반응으로서 알제리 민족주의 지도자들은 여성들의 베일쓰기를 알제리적 정체성과 결속력의 표현으로 강화했다. 실제로 베일은 무기를 은폐하는 수단으로 이용되기도 했는데, 한편 여성 민족주의자들은 베일을 벗고 서양여자들의 옷을 입은 채 프랑스 감시망을 피하도록 했다. 이러한 이른바 "베일 전쟁"the battle of the veil에 의해 알제리 여성들은 프랑스와 알제리의 남성들에 의해 이중적으로 식민화되는 경험을 하게 된 것이다. 이 점과 관련하여 아일레라스는 알룰라가 "식민주의적 응시"의 성적 정치학을 비판하면서도 전쟁, 베일쓰기, 재현 등에 대한 여성들 자신의 경험에 대해서는 대단히 무관심한 태도를 보임으로써 결과적으로 오리엔탈리스트 판타지와 지배를, 그리고 가부장적인 민족주의를 강화하고 있다고 비판한다(26).

알룰라는 로라 멀비Laura Mulvey의 "남성적 응시" 이론에 힘입어, 노예 혹은 첩들로 보이는 알제리 여성들을 프랑스 남자들의 "남성적 응시"에 의해 사물화된 성적 대상물들로 본다. 이 책에 수록된 알제리 여성들을 모델로 한 사진들 속에서 우리는 우월감과 함께 호색적인 시각으로 여성들을 보는 오리엔탈리스트 응시의 특성을 볼 수 있다. 알룰라는 알제리 여성들이 "식민주의적 응시"에 의해 욕망의 대상이 되면서도 결국에는 제거되는 현상, 즉 사진 속의 이미지들이 그 여성들을 "이국적 타자"로 형성하면서 동시에 여성으로 행동하는 주체성을 삭제해 버리는 현상을 본다. 그 사진들에 담긴 여성들의 응시는 수동적이고 소외된 모습 혹은 몽환적으로 마취된 모습으로 나타난다. 그러나 그 사진엽서들 속의 알제리 여성 모델들은 비록 응시는 몽환적이지만, 모든 관습적인 오달리스크Odalisque의 장치들과 함께 관능적인 신체의 모습을 과감하게 드러내고 있는데, 이것은 대부분의 오달리스크 그림들이 잠재적인 에로티시즘latent eroticism을 보여주는 것과는 대조적이다(Alloula 78). 실제로 사진엽서들은 알제리 여성들을 고용하여 사진작가들이 작업실에서 연출하여 촬영한 것인데, 베일을 벗은 여성들의 모습을 담은 사진엽서들은 접근할 수 없었던 알제리 여성들에 대한 "상상적 복수"an imaginary revenge인 셈이었다(Alloula 122).

바바라 할로우Barbara Harlow는 『식민지 하렘』에 부친 서문에서 알제리 여성들을 재현한 사진엽서들이 알제리적 삶의 특성들을 토착적 맥락으로부터 이탈시키고, 그것들을 동양에 대한 제국주의적 전유의 정치적, 심리적 필요를 충족시켜 주는 틀 속에 다시 등록한다고 비판한다(Alloula xx). 하나의 구체적인 예로서 알룰라는 알제리인 부부와 아이들의 모습을 담은 사진을 주목하고, 그것이 "식민주의 침투에 대한 저항의 핵심"이 되는 "전통적 가족"을 해체해 버리는 것이라고 쓰고 있다(39). 왜냐 하면 부부 중심이 아닌 대가족, 씨족, 부족이라는 형태를 토대로 활동하는 알제리인들에게는 부부 중심이라는 구도 자체가 유럽으로부터 유입된 것이기 때문이다. 그와 같은 스테레오타입의 형성이 사이드가 말한 오리엔탈리즘 혹은 동양에 대한 서양의 식민주의적 재현의 특징이다.

포스트콜로니얼리즘과 대위법적 독법

테리 스미스Terry Smith는, 호주에서의 원주민의 시선과 유럽인들의 시각을 비교하는 맥락에서, 식민화의 시각적 체제들visual regimes은 "포구砲口수정"calibration, "삭제"obliteration, 그리고 "상징화"symbolization라는 3가지 실천들의 삼각망triangulation으로 이루어진다고 설명한다(483-84). "포구수정"이란 일반적인 관찰자들이 하는 방식과 같이 식민지 사람들의 성격을 묘사하는 정도의 행위가 아니라 통치권이 미치는 범위나 재산권의 경계들을 설정하고 사람들을 감시하는 것을 포함하여 "지속적인 정교화, 통제의 강요, 질서유지의 과정들"을 통해 진행된다. "삭제"라는 것은 토착민들의 신체적 생존, 관점들, 이미저리, 아비투스habitus, 즉 신체에 각인된 특정 집단의 습관화된 행동과 사유의 양식 등을 제거해 버리는 정치적, 문화적 폭력이다. 그리고 "상징화"라는 것은 경험세계로부터 지엽적인 부분을 선택하여 그것을 그 경험세계의 전체에 대한 재현으로 변형시키는 것을 뜻한다. 특히 "상징화"는 심미화aestheticization의 특성을 지니는데, 이 심미화는 세계를 시각예술 작품들에 의한 재현의 과정들로 단순화하는 것으로서 기드보르Guy Debord적 뜻에서의 "스펙터클"spectacle과 같이 일종의 시각적 폭력의 방식이라고 볼 수 있다.

스미스는 특히 18, 19세기에 "픽쳐레스크"Picturesque로 알려진 시각 체제에 의해 심미화가 가장 심하게 행해졌다고 주장한다(484). 스미스는 "픽쳐레스크"가 "시각적 여행의 개방된 형식, 다른 방식으로는 양립되지 않는 시각과 장소를 결합하는 테크닉"이라고 말하고, 그것이 "식민화에 필수 불가결한 것이 되었으며 제국주의의 '인간적 얼굴'이 되었다. 그것은 외국의 풍토에 식민지들을 확립하고, 통제의 체계를 형성하며, 명령된 사회성을 구축하는 등의 도구적 현실성을 은폐하는 화환들로서의 매력적인 외양을 만들었다"(484)고 설명한다.

스미스는 구체적인 예로서 유진 폰 게라르Eugene von Guérard의 1864년 작품인 풍경화landscape 혹은 더 정확하게 나타내면 농장화propertyscape 한 폭Yalla-y-Poora에 대해 설명한다. 그는 유럽인들이 차지한 식민지의 지역들을 이상화하여 그린 게라르의 그 그림이 "목가형식 혹은 목농주의pastoralism의 변형적 힘"을 보여주고, "자연의 힘들을 통제하는 일련의 실천들이 너무나도 교묘하게 성공적이라서 그 실천들 자체가 질서화의 원리, 즉 사람들, 동물들, 장소들, 그리고 사물들에 대한 질서화의 원리가 된 것"을 예찬하는 것이라고 지적한다(491). 또한 그는 "자연세계가 하는 모든 일들, 그 자연세계에 인간들이 가하려고 노력하는 모든 일들이 측정하는 눈the measuring eyes에 종속된다. 그러나 얼마나 대단한 눈인가! 토착민들은 한 명도 보이지 않고, 이 장면의 표면 혹은 구조에는 그 어떤 토착적 현존의 흔적들도 없다. 삭제의 과정들이 작동했다"(492)라고 쓰고 있다.

그림 4. 유진 폰 게라르 Eugene von Guérard 1864 *Yalla-y-Poora*

　스미스는 같은 지역에 대한 식민지 원주민들의 재현은 주변의 더 넓은 영역들을 포함하여 그들의 나라가 어떻게 존재하게 되었는가를 환기해 주는 장으로 나타내는 일종의 신성한 의례ritual와 같은 것인데, 식민종주국 화가가 그린 같은 지역에 대한 풍경화는 인간의 시각을 이상화하고, 심미화하여 마치 "현실에서 유리된 눈"a disembodied eye으로 보는 것과 같은 광경을 그리고 있다고 비교한다(492).

　그런 "현실에서 유리된 눈"의 인식을 우리는 식민적 시각 혹은 시각적 식민주의의 양태라고 할 수 있다. 즉 식민적 질서를 규정하며, 정당화하는 데에 시각적 재현을 이용하는 식민주의적 시각문화라고 할 수 있는 것이다. 그와 같은 시각적 식민주의는 식민지 원주민들이 자신들의 정체성과 문화적 가치를 결정하는 기준으로 "서양적 응시"the Western gaze를 내면화한 데에서도 보인다. 레이 초우Rey Chow가 중국과 관련하여 지적하듯이,

"근대성에서 서구적 응시만이 유일하게 중국과 중국인들에게 그들이 필요로 하는 자존감을 줄 수 있는 것으로 여겨진다"(188)는 것은 식민지 원주민들이 식민종주국의 시각으로 자신들을 판단하게 된 식민화의 효과라고 할 수 있다.

"서양적 응시"라는 것은 에드워드 사이드Edward Said가 "대부분의 문화사가, 그리고 확실히 모든 문학 연구가들은 그 시기[민족주의와 유럽 국민국가의 발흥, 대규모 산업화의 도래, 부르주아 권력강화의 시기] 서양의 소설, 역사 서술, 철학적 담론의 바탕이 되는 해외 영토의 지리적 기재법, 이론적 조감도, 지도 형성을 주목하지 않았다. 최초로 존재한 것은 유럽인 관찰자—여행자, 상인, 학자, 역사가, 소설가—의 권위이다"(『문화와 제국주의』 142)라고 언급하는 "유럽인 관찰자"의 시각적 권력에 의한 식민화의 효과를 뜻한다.

메어리 루이스 프랫Mary Louise Pratt이 제국의 이데올로기적 장치들 가운데 하나가 된 여행기travel writing와 탐험기exploration writing를, 특히 18세기 중엽 이후에 나온 아프리카와 남아메리카 여행기와 탐험기를 분석대상으로 한 책에서 만든 3가지 용어들도 그러한 식민화의 효과에 대한 이해를 위해 살펴볼 수 있다. 첫째는 "접촉지대"contact zone, 즉 지리적으로, 역사적으로 떨어져 있었던 사람들이 서로 만나는 공간인데, 이 공간은 강압, 근본적인 불공평, 그리고 제어할 수 없는 갈등 등을 내포한다. 둘째는 "반-정복"anti-conquest, 즉 유럽 부르주아 주체들이 유럽의 헤게모니를 주장하면서도 동시에 그들의 순수성을 확보하려고 이용하는 재현의 전략이다. 프랫은 이 "반-정복"의 주된 프로타고니스트를 "보는남자"the seeing-man라고 하는데, 그의 "제국적 눈"imperial eyes이 식민화의 대상을 보면서 결국 그것을 소유한다는 것이다. 그리고 셋째는 "자기종족지학"autoethnography, 즉

식민화된 주체들이 식민화하는 자들의 언어로 자신들을 스스로 재현하는 경우를 가리킨다(6-7).[3]

이 3가지 중에서 두 번째와 관련된 "제국적 눈"에 대해서는 식민지 역사를 시적 초월의 비전으로 변형시킨 존 키츠John Keats의 "채프먼 번역 호메로스를 처음 읽고"On First Looking into Chapman's Homer라는 제목의 소넷을 통해서도 확인할 수 있다. 영국 낭만주의 시인인 키츠는 채프먼이 영역한 호머의 서사시를 읽고 처음으로 알게 된 정신의 미개척 영역에 대한 인식을 표현하면서 "독수리 눈eagle eyes을 지닌 채 태평양을 응시했던 때의 군센 코르테즈Cortez처럼"이라는 직유법을 쓰고 있다.

> 황금 빛나는 나라며 훌륭한 장원이며
> 　여러 왕국들을 널리 여행하였고
> 　시인들이 아폴론을 모신 서방의 섬들도
> 두루 돌아보고 거기에 노닐었건만
> 소문으로 익히 들으면서도 여태껏
> 　깊은 이마의 호메로스가 다스리는 나라
> 　그 티 없는 맑음을 숨쉬지 못했더니
> 이제 채프먼의 우렁찬 소리로서 느끼네.
> 새로운 떠돌이별이 시계視界 속으로 문득
> 　헤엄쳐 오는 것을 본 하늘의 관측자처럼
> 아니면 늠름한 코르테스 독수리의 눈으로
> 　태평양을 내려다보며—그의 무리들.
> 수런대는 흥분 속에 서로를 바라보는데—

---

3) 프랫은 "민족지학적" 텍스트들은 유럽사람들이 자신들에 의해 정복된 타자들 혹은 타민족들을 재현하는 수단이며, "자기민족지학적" 텍스트들은 그러한 메트로폴리턴 재현들에 대한 반응으로서 그 타자들이 구성하는 텍스트들이라고 비교한다(7).

다리엔의 산꼭대기에 말없이 선 그때처럼 (김우창 역)

Much have I travell'd in the realms of gold,
  And many goodly states and kingdoms seen;
  Round many western islands have I been
Which bards in fealty to Apollo hold.
Oft of one wide expanse had I been told
  That deep-brow'd Homer ruled as his demesne:
  Yet did I never breathe its pure serene
Till I heard Chapman speak out loud and bold:
Then felt I like some watcher of the skies
  When a new planer swims into his ken;
Or like stout Cortez when with eagle eyes
  he star'd at the Pacific—and all his men
Look'd at each other with a wild surmise—
  Silent, upon a peak in Darien. (12-13)

이 표현을 주목하면서 수비르 카울Suvir Kaul은 "시에서 그[키츠]가 표현한 숭고한 발견과 고양감에 대한 모델이 유럽의 아메리카 정복의 역사와 지리학이라는 점이 분명하다"(163)고 쓰고 있다. 카울은 키츠의 작품에서 그 은유는 식민화의 원래적 순간으로부터 나온 것이라고 말하고, 코르테즈와 그 이전의 바스코 누네즈 드 발보아Vasco Nunez de Balboa가 보았던 비전은 "대양의 광활함"oceanic vastness만이 아니라 유럽의 지배라고 말한다(163). 이것은 흔히 진리와 미美를 동일시하는 형이상학적, 심미적 비전과 관련된 맥락에서 다루어지는 그 낭만주의 시인도 자신의 시대에 만연

되었던 제국주의적, 식민주의적 시각의 영향을 받을 수밖에 없었다는 점을 확인할 수 있게 해 준다. 키츠의 작품에 대한 그와 같은 읽기는 사이드가 제시한 대위법적 독법contrapuntal reading이라고 할 수 있다.

사이드는 『문화와 제국주의』Culture and Imperialism에서 문화적 기록 보관물들을 읽을 때 동음적으로univocally 읽는 것과 다른 방식인 대위법적으로contrapuntally 읽는 기법에 대해 언급한다(129). 예를 들면 제인 오스틴 Jane Austen의 『맨스필드 파크』Mansfield Park와 같은 작품을 읽을 때, 그 작품 속의 화려한 무대와 영국 상류층의 특권적 삶의 양상이 서인도의 농장들로부터 획득한, 즉 식민화된 자들에 대한 착취를 통한 이득에 의해 확립된 것임을 읽을 수 있어야 한다는 것이다.

사이드는 "내가 '대위법적 독법'이라고 부른 것은, 그것을 실천적인 견지에서 보면, 텍스트를 읽을 때 그 작가가, 가령 식민지의 설탕 대농장을 영국에서의 생활양식을 유지하는 과정에서 중요한 것으로 보여주고 있는 경우 어떤 문제가 숨어 있는가를 이해하면서 읽는 것이다. … 요컨대 대위법적 해독은 양쪽의 과정, 즉 제국주의 과정과 그것에 대한 저항의 과정을 고려해야 한다는 것이다"(『문화와 제국주의』156)라고 설명한다. 다시 말하면 문학 텍스트 속에 감추어진 문화적, 정치적 함의들을 찾아내는 것이 중요하다는 것인데, 대위법적 독법이란 문학 텍스트들이 제국주의와 식민화 과정에 깊이 연루되어 있다는 것을 드러내기 위해 읽는 방식을 뜻한다. 다니엘 마틴 바리스코Daniel Martin Varisco는 사이드가 "서양적 응시"에만 국한하여, 관능적 욕망이 동양을 여행하는 서양의 여행자에게만 특유한 것이라고 보고, 18, 19세기에 유럽을 방문했던 동양의 여행자/관음자voy[ag]eur에 대해서는 무시한 것을 비판한다(163-34). 바리스코에 의하면, 사이드의 대위법적 독법에 관한 논의도 서양의 특정 고전음악 형식을 선호한 그의 음악취향과 관련된 것인데, 그가 실제로 동양의 음악형식들에 대해서는 중시하지 않은 것은 그의 이론의 한계를 드러내는 것이라고 보고, "사이드의 대위법적 독해는 씌어지지 않은 텍스트로부터 제국주의 문화로 이동할 때 미완의 교향곡으로 귀착되고 만다"(207)고 지적한다. 즉 대위법적 독해를 통해 "텍스트로부터 강제적으로 배제된 것"을 읽어내야 한다는 것이다(『문화와 제국주의』 156-57).

물론 이것은 문학 텍스트 읽기에만 해당되지 않는다. 식민화된 자들의 원근법으로서, "다시 고쳐 읽기"reading back의 형식이라고 할 수 있다. 우리가 읽기[해석하기] 시작할 때, 식민종주국의 역사와 함께 지배담론이 작동하는 종속되고 은폐된 역사들에 대한 인식도 동시에 지닌 것을 통한, "다시 고쳐 읽기" 혹은 "되받아 쓰기"writing back를 뜻한다. 문학 텍스트 읽기에만 해당되지 않는 이 대위법적 독법은 식민화된 자들이 택해야 하는 원근법 혹은 시각으로서, 그것을 "비스듬하게 보기"looking awry라고 할 수 있다(Zizek 11). 그러한 시각은 우리가 식민종주국의 역사와 함께 지배담론에 의해 왜곡되고 은폐된 식민지의 실상을 정확하게 보는 방식을 뜻한다. 억압적 이분법을 해체하는 대위법적 시각 혹은 "비스듬하게 보기"는 호미 바바Homi Bhabha가 식민담론에 대한 저항의 한 방법으로 내세운 "흉내내기"mimicry와 비슷한 면이 있다.

바바는 "흉내내기 담론은 양가성ambivalence 주위로 구성된다. 흉내내기가 효력을 발생하려면 그것이 지속적으로 그것의 감소, 그것의 과잉, 그것의 차이를 생성해야만 한다"("Of Mimicry" 153)라고 말한다. 식민주의의 거대담론들을 분열시켜서 해체하는 힘을 지니고 있는 흉내내기는 일종의 조롱mockery의 형식이다. 즉 식민객체들the colonized 혹은 식민화된 사람들이 식민주체들the colonizer 혹은 식민화하는 사람들을 과장되게 희극적으로 모방함으로써 그 식민주체들이 이용하는 권력의 장치들이 허구적이고 인위적인 것에 지나지 않는 것들이라는 점을 입증하는 것이다. 사실 데이빗 허다트David Huddart가 말하듯이, 바바의 탈식민주의 이론 그 자체가 식민담론에 대한 일종의 흉내내기 혹은 조롱이라고 할 수 있다(57).

바바가 말하는 흉내내기는 상대에 대한 정직한 존경의 표현이 아니라 지배와 통제를 회피하는 방법이다. 로버트 영Robert Young이 설명하듯이, "흉내내기는 권력에 힘을 불어넣어주면서 동시에 행위주체의 상실을 낳는다. 통제력이 식민주의자로부터 빠져나간다면, 흉내내기의 요구는 식민지인이 그 과정에 연루되는 한편, 부지불식간에 무의식적인 위협의 행위자로 남게 되고, 그 결과 식민주의자의 입장에서는 토착민의 불길한 의도가 무엇인지를 추측하려고 하는 편집증에 사로잡히게 된다는 것을 의미한다"(『백색신화』369-70). 다시 말하면 애니어 룸바Ania Loomba의 설명과 같이, 프란츠 파농Franz Fanon의 글에서는 식민권력이 흑인 원주민들에게 백인 문화를 흉내내도록 요구함으로써 식민적 권력을 행사하는 것인데 반해, 바바의 경우는 그러한 요구 그 자체가 식민주의적 헤게모니를 약화시키는 것이 되고, 흉내내기가 권위를 침해하는 결과를 초래한다는 것이다(149).

대위법적 독법은 우리가 시도한 시각적 식민주의의 양태들에 대한 검토에서도 적용될 수 있다. 식민화된 자들이 택해야 하는 원근법 혹은 시각, 즉 롤랑 바르트Roland Barthes가 말한 "감상적感傷的 관찰자"sentimental spectator(21)의 시선은 현재의 물질적, 정치적 맥락으로부터 과거의 무력화되고 침묵당한 목소리들을 발굴해 내는 것이라고 할 수도 있다. 그러한 시각은 우리가 지배담론에 의해 왜곡되고 은폐된 식민지의 실상을 식민종주국의 역사와 함께 올바르게 보는 방식을 뜻한다. 그런 독법은 1989년에 빌 애쉬크로프트Bill Ashcroft, 가레스 그리피스Gareth Griffiths, 헬렌 티핀Helen

Tiffin이 공저한 『다시 쓰는 제국: 탈식민주의 문학들의 이론과 실제』*The Empire Writes Back: Theory and Practice in Post-Colonial Literatures*의 제목에 있는 "다시 쓰기" 혹은 "되받아 쓰기"라는 탈식민화 전략과 비슷하다.

"되받아 쓰기"란 "동양이나 아프리카에 관해 유럽인이 만든 이야기를 교란시키는 것, 유럽인에 의한 이야기를 그것보다 더욱 유희적이고 더욱 강력한 새로운 이야기 양식으로 바꾸는 것"(사이드, 『문화와 제국주의』 420)이라고 풀이할 수 있으며, 이 설명에서의 "이야기"를 "이미지" 혹은 "시각적 이미지"로 바꾸어도 틀린 진술이 되지 않는다. 사이드는 대위법적 독법이 "되받아 쓰기"와 같은 양식의 "되받아 읽기"reading back의 일종인가? 라는 질문에 대해 긍정적으로 대답하고, 그것은 "은폐되었거나 다루어지지 않았던 것들"을 찾아내는 것이라고 부연한다(Singh 98). 사이드의 대위법적 시각은 "오리엔탈리즘으로 대표되는 서양학문의 이분법적 시각에 대항하기 위해 특별히 고안된 것"(『문화와 제국주의』 698)이라고 할 수 있다. 사이드는 이것을 "거슬러 가는 여행"voyage in, 즉 주변화되었던 것들을 다시 찾는 노력이라고 표현한다(『문화와 제국주의』 420).

우리가 살펴본 "식민주의적 응시"는 식민지인들 혹은 토착민들을 야만시함으로써 타자화하고 주변화하는 일종의 억압과 폭력인데, 대위법적 시각은 그런 억압과 폭력에 대한 탈식민주의적 비판의 중요한 방식이다. 그것은 "제국적 눈"을 치유하기 위해 적용할 수 있는 방법들 중의 하나가 될 수 있을 것이며, 그와 같은 치유는 대상을 현실로부터 유리시키기 쉬운 "심미화하는 유혹"aestheticizing temptation(Alloula 116)에 대한 거부로부터 시작된다고 할 수 있다.

오리엔탈리즘과 포스트콜로니얼리즘

에드워드 사이드 Edward Said

에드워드 사이드Edward Said는 생소하거나 위협적인 것으로 보이는 대상을 사물에 대한 기존 인식의 방식, 즉 사물에 대한 확립된 시각을 통해 제압하고 통제하는 방식에 대해 언급한다(『오리엔탈리즘』 113). 동양에 대한 서양의 재현의 과정에서는 그와 같은 제압과 통제의 방식이 강화되어 식민지인들을 열등시하고 야만시하는 재현 혹은 표상을 통해 그 식민지인들에 대한 지배를 정당화하는 논리를 형성했다. 사이드는 "본질적으로 종속적 존재로 여겨져 온 것에 관한 표상을 좌우하는" 현대 서양의 제도적 힘에 대해 언급하고 "표상 그 자체는 종속적인 것을 종속적 상태에 그대로 두고, 열등한 것을 열등한 그대로 둔다"(『문화와 제국주의』 179)고 진단한다.

그와 같이 서양이 동양을 종속적 상태에 두고 열등한 존재로 설정하기 위해 만든 관념을 뜻하는 "오리엔탈리즘"Orientalism은 식민종주국(서양)의 우월성과 식민지(동양)의 열등성이라는 억압적 이분법을 파생시키는 "타자화"othering의 산물이다. 유럽의 우월성을 확보하기 위해 식민화된 대상들을 열등하게 만드는 이데올로기, 즉 동양을 "덜 인간적, 덜 문명화된, 유치하거나 야만적인, 동물, 혹은 의식 없는 덩어리"(Boehmer 76)로 보는 관념이 그것이다. 이러한 오리엔탈리즘은 일종의 식민사관植民史觀으로서 철저한 비판적 성찰의 대상이 되어야 한다.

오리엔탈리즘과 함께 식민사관을 비판하고 극복하려는 태도도 우리는 탈식민적 삶의 방식이라고 할 수 있다. 그와 같은 삶의 방식은 현재의 우리의 현실에서도 오리엔탈리즘이나 식민사관과 같은 일종의 신식민주의적 이념과 지배구조를 찾을 수 있다는 인식을 기본으로 한다. 프란츠 파농Franz Fanon이 말했듯이 "식민주의는 식민지지배 이전의 역사는 야만주의의 역사라는 견해를 원주민의 마음 속 깊이 심어주려 노력했다"(242)는 점에서 식민사관에 의해 왜곡된 역사관을 오리엔탈리즘과 함께 비판할 필요가 대두되는 것이다.

공식적인 식민주의 시대가 끝난 이후에도 계속 전개되었던 탈식민화 운동 혹은 반식민주의적 의식은 이미 1950년대와 60년대에 나온 파농의 『검은 피부, 하얀 가면』Black Skin, White Masks과 『대지의 저주받은 자들』The Wretched of the Earth에서도 찾아볼 수 있지만, 특히 영어권에서 포스트콜로니얼리즘과 관련된 논의를 촉발한 것은 1978년에 나온 사이드의 『오리엔탈리즘』Orientalism이라는 제목의 책이다. 오리엔탈리즘은 18, 19세기 유럽 제국주의 시대의 서양중심주의에 의해 형성된 것으로서 안토니오 그람시Antonio Gramsci의 헤게모니 이론이나 미쉘 푸코Michel Foucault의 지식과 권력의 문제 등에 대한 고찰을 통해 더욱 체계적으로 이해할 수 있을 것이다. 특히 지식에 대한 푸코의 관점은 2가지로 정리된다(Longhurst 120-22).

> 첫째, 푸코는 궁극적 진리라는 것을 믿지 않고 세계에 대한 다양한 저자들에 의해 조직화된 담론들의 체계만이 있을 뿐이라고 본다. 예를 들면 광기madness나 성sexuality에 대해 16세기 사람들이 가졌던 이른바 "진리"라는 것이 19세기에도 같은 것으로 받아들여지지 않았을 것이다. 각 담론이 세계에 대한 진술들을 판단하고 질서화 하는 그 자체의 규칙들을 가지고 있기 때문이다.
> 둘째, 지식과 권력은 대단히 밀접한 관련을 지니고 서로 의존한다. 담론들은 특정의 제도들을 통해 작동하는데, 예를 들면 근대의 병원과 감옥은 의학과 형법의 영역 속에서 권력/지식 양식이 특수하게 표명된 결과이다.

이와 같은 푸코의 관점에서 사이드는 "오리엔탈리즘을 하나의 담론으로 검토하지 않는 한, 계몽주의 시대 이후의 유럽문화가 동양을 정치적·사회적·군사적·이데올로기적·과학적·상상적으로 관리하거나 심지어 동양을 생산하기도 한 거대한 조직적 규율이라는 점을 이해할 수 없다"(『오리엔탈리즘』 18)고 주장한다.

하나의 담론으로서의 오리엔탈리즘의 특징은 3가지로 요약된다(Longhurst 122).

> 첫째, 오리엔탈리즘은 이분법화한다dichotomises. 오리엔탈리즘은 우선 "서양"과 "동양"을 구분한다.

둘째, 오리엔탈리즘은 본질화한다*essentialises*. 오리엔탈리즘은 동양
　　인과 서양인 사이에 절대적인 차이가 있다고 본다.
셋째, 오리엔탈리즘은 위계질서화한다*hierarchises*. 오리엔탈리즘은
　　결국 미래는 서양에 있다는 식으로 동양을 열등시한다.

"오리엔탈리즘"이 "오리엔트"(혹은 동양이라고 번역하게 되는 관념
혹은 대상)에 대한 식민주의적 통제와 조정을 뜻하는 부정적인 용어가 된
것이 사이드의 영향 때문이다. 사이드의 논의를 따르면 오리엔탈리즘은 오
리엔트를 지배하고, 재조직화하며 그 위에 군림하기 위해 조장하는 서양의
사유양식이다. 오리엔탈리즘은 "오리엔탈리스트", 즉 오리엔트에 대해 가
르치거나 집필하며 그것을 연구의 대상으로 삼는 서양중심적 인류학자, 사
회학자, 역사가, 문헌학자 등에 의해 형성되고 유포되었다고 할 수 있다.
여기서 "오리엔트"라는 것은 서양에 의해, 서양과의 관련 속에서 구성되는
것으로서 서양의 "타자" 혹은 서양보다 열등한 존재의 이미지이다.
　　존 맥클레오드John McLeod는 사이드의 오리엔탈리즘 개념의 영역들
을 6가지로 요약한다(49-51).

첫째, 오리엔탈리즘은 이분법적 대립항들을 구성한다.
둘째, 오리엔탈리즘은 서양적 환상이다.
셋째, 오리엔탈리즘은 제도적이다.
넷째, 오리엔탈리즘은 문학적, 창조적이다.
다섯째, 오리엔탈리즘은 합법화하며, 무제한으로 계속된다.
여섯째, '잠재적' 오리엔탈리즘과 '현시적' 오리엔탈리즘이 구별된다.

같은 맥락에서 맥클레오드는 "오리엔트"와 "오리엔탈"에 대한 스테레오타입들을 6가지로 정리한다(52-55).

첫째, 오리엔트는 불변이다.
둘째, 오리엔트는 기이하다.
셋째, 오리엔탈리즘은 사람들에 대한 가설들을 만든다.
넷째, 오리엔탈리즘은 젠더에 대한 가설들을 만든다.
다섯째, 오리엔트는 여성적이다.
여섯째, 오리엔탈은 타락한 자이다.

"오리엔탈"은 오리엔탈리즘에 의해 재현되는 사람을 가리킨다. 그런데 서양에서 대체로 오리엔탈은 남자의 경우는 백인 서양 여성에게 위협적인 위험한 존재로 묘사되며, 여자의 경우는 백인 서양 남성에 의해 지배당하고 싶어하면서 동시에 이국적인exotic 존재로 묘사된다.

데이빗 헨리 황
David Henry Hwang

우리는 데이빗 헨리 황David Henry Hwang의 희곡인 『M 나비』M. Butterfly를 통해 그 점을 살펴볼 수 있다.

이 작품은 프랑스 외교관인 갈리마르Gallimard와 중국 오페라 가수 송Song의 왜곡된 관계를 통해 서양인이 아시아인들에 대해 지니는 고정관념과 그것의 폐해에 대해 보여준다. 이 작품은 비선형적 내러티브non-linear narrative와 같은 포스트모던 연극 기법을 활용하여 인종, 젠더, 민족, 성 등 중첩된 문제를 형상화한다. 여장을 한 남자인 송을 여자로 오인하는 갈리마르의 태도가 나타내는 것이 다름 아닌 아시아인들에 대한 서양인들의 편견, 고정관념, 즉 오리엔탈리즘의 예가 된다.

> 갈리마르: 전 동양에 대한 환상을 갖고 있습니다. 청삼과 기모노를 입은 가냘픈 여인이 아무 쓸모없는 외국 악마에 대한 사랑 때문에 죽는, 완벽한 여성으로 태어나 성장한 누군가. 우리가 주는 어떤 처벌도 감수하고, 무조건적인 사랑이 다시 되살아나는 누군가. 이 환상은 내 삶이 돼버렸습니다. (215)

송이 남자라는 것을 감춘 채로 갈리마르의 부인으로 살 수 있었던 것이 순종적, 수동적, 복종적인 존재로 아시아 여성을 인식하는 갈리마르의 오리엔탈리즘이었다는 것이다.

> 송: 서양은 스스로를 남성적—거대한 총, 대규모 산업, 대 자본—으로 간주하고, 동양을 여성적—나약하고, 섬세하고, 가난한... 그러나 예술에 뛰어난, 수수께끼 같은 지혜로 가득 찬— 여성적인 신비로움으로 간주하죠. 그녀의 입이 안 된다고 해도, 눈으론 된다고 한다. 서양은 동양이 마음속으론 지배받기를 원한다고 믿죠... 왜냐면 여자는 스스로 생각할 수 없으니까요. (195)

이 작품에는 또한 동양의 공모, 즉 서양인들이 지닌 오리엔탈리즘 그 자체를 동양인들이 오히려 조장하고 이용한 것에 대한 작가의 비판도 담겨있다. 물론 이 작품을 오리엔탈리즘의 관점에서만 해석할 필요는 없을 것이다. 인종, 젠더, 성에 대한 기존의 관념들에 대한 포스트구조주의적 해체를 시도한 작품이라는 평에 대해서도 주목할 필요가 있다.

오리엔탈리즘은 앞에서 언급했듯이 일종의 식민사관으로서 비판의 대상이 될 수밖에 없다. 우리가 식민사관이라고 하는 것은 일제강점기 시대 제국주의 일본이 한국에 대한 식민지 지배의 유지를 용이하게 하고 정당화하기 위해 조작한 역사관을 뜻한다. 예를 들면 한국은 자율적으로 역사를 발전시킬 수 있는 능력이 없다는 타율성론과 한국 사람들은 당파싸움만 일삼아서 근본적으로 단합할 수 없다는 당파성론 등이 대표적인 식민사관이라고 할 수 있다.

비슷한 맥락에서 영국역사가들에 의해 진술된 식민사관적 역사 기록은 정치적 사건들에 대한 인도적 시각에서의 재해석을 통해 수정되어야 한다는 주장이 제기되기도 했다. 예를 들면 영국이 명명한 1857년의 "인도 반란"Indian Mutiny이 인도역사가들에 의해 "최초의 인도 독립 전쟁"First War of Indian Independence 혹은 "위대한 인도 모반"Great Indian Uprising으로 명칭이 바뀐 것을 거론할 수 있다.

이런 점에서 보면 식민담론 비판 혹은 대항담론으로서의 포스트콜로니얼리스트 문학과 비평은 한국의 경우 1970년대, 80년대의 민족문학론 혹은 제3세계 문학론과 같은 전망을 지닌 것으로 볼 수 있다. 예를 들면 『창작과 비평』의 1979년 겨울호에 실린 제3세계문학론 특집에서 백낙청은 "식민지지배로부터 벗어나는 과정에서는 언제나 피압박민족이 자신의 독자적인 문화를 재발견하고 문화적인 주체성을 확인하며 창조적 인간으로서의 긍지를 되찾는 작업이 필요하다. 식민지 통치란 단순한 정치적 지배나 경제적 수탈만이 아니고 고유문화의 말살과 그 주체의식의 마비를 통한 정신적인 예속화를 함께 추진하기 때문이다"라고 말하는데, 우리가 오리엔탈리즘과 식민사관을 비판적으로 극복해야 하는 이유는 다름 아닌 "정신적인 예속화"를 거부해야 하기 때문이다.

유럽제국들의 식민지들이었다가 독립한 민족들의 문화가 어떻게 제국주의의 영향을 현재까지도 받고 있는가를 조사하는 입장, 즉 정신적, 문화적 예속화를 강화하기 위한 식민담론을 비판하는 대항담론의 입장에서 보면, 제3세계로 분류되었던 지역의 국가들과 민족들은 공식적인 식민주의 시대가 끝난 이후 지금까지도 계속 "탈식민화해야 하는" 조건 속에 처해 있다. 다시 말하면 여전히 영향력을, 더욱 교묘하게 불가시적으로, 행사하고 있는 신식민주의적 지배로부터 자유롭지 않다는 것이다.

서양이 동양을 통제하기 위해 채택한 방식들을 자세히 조사해 볼 필요가 있는데, 문학비평과 문학이론 영역에서의 포스트콜로니얼리즘 비평은 이와 같은 오리엔탈리즘에 대한 비판과 연관된 정치경제적 맥락에서 검토될 수 있을 것이다.

영어

포스트콜로니얼리즘과

우리가 자주 들었던 것과 같이, 정치와 경제, 그리고 문화의 초민족화 혹은 초국가화/전지구화/세계화의 흐름 속에서 각 민족의 고유한 문화적 아이덴티티를 유지하는 것은 점점 더 어려운 일이 되고 있다. 차라리 그 아이덴티티를 상실해 버리는 편이 전세계적 통합을 위해 필요한 것이 된다는 성급한 주장이 제기되기도 한다. 왜냐하면 현 세계질서의 주된 추동력을 이루는 초국적기업들은 민족주의적 신념을 방해요소로 보는 탈민족주의적 엘리트들을 양산하고 있기 때문이다.

이런 맥락에서 우리는 "민족적인 것"the national과 "민족주의적인 것" the nationalist을 구별하는 논의를 검토해 볼 필요가 있다. 『다시 쓰는 제국: 포스트콜로니얼 문학의 이론과 실제』The Empire Writes Back: Theory and Practice in Post-Colonial Literatures의 저자들Bill Ashcroft, Gareth Griffith, Helen Tiffin은 "민족적인 것"과 "민족주의적인 것"을 대조하면서, 영국의 식민지였던 나라들의 작가들이 자신들의 모국어가 아닌 영어로 쓴 작품들은 "민족적인 것"과 "민족주의적인 것" 사이의 차이를 모호하게 할 수 있다고 말한다(17). 그들의 관점에 따르면 "민족적인 것"은 식민종주국의 헤게모니에 대한 비판을 포함한다는 점에서 긍정적인 것이지만, "민족주의적인 것"은 명시적이건 묵시적이건 포스트콜로니얼리스트들이 배척하려고 하는 바로 그 제국적 권력에 의해 결국 통제되고 만다는 것이다.

이 관점은 우리가 영어로 집필된 인도를 비롯한 남아시아 포스트콜로니얼리스트 문학을 해석할 때 참고해야 한다. 탈식민 민족국가들의 과제인 민족적/탈식민적 아이덴티티를 형성하는 것을 지향하는 문학작품들이 그런 의도와는 달리 식민종주국의 식민주의적 이데올로기와 체제를 오히려 답습하고 강화하게 되는 것은 비판될 수밖에 없다. 식민지의 문학이 식민종주국의 재현 양식을 전유하는 것은 신식민주의적 상태를 유지시킬 뿐 탈식민화하는 데에는 제대로 기여할 수 없기 때문이다. 따라서 이 점에 대한 논의는 문학연구만이 아니라 이데올로기 비판으로 확장될 것이다.

포스트콜로니얼리즘 비평과 관련된 다양한 논의들 중에서 아프리카 작가들인 치누아 아체베Chinua Achebe와 응구기 와 시옹고Ngugi wa Thiongo 의 영어에 대한 견해의 차이, 즉 작품 창작에서 식민종주국의 언어인 영어를 전유하는 것과 정신적 탈식민화를 위해 영어가 아닌 토착어를 사용해야 한다는 주장 사이의 차이에 관한 문제를 살펴볼 필요가 있다. 케냐 출신 시옹고는 1978년 투옥되었다가 나온 이후 그의 글쓰기에서 영어를 버리고 토착 모국어인 키쿠유Kikuyu를 사용하기 시작했다. 시옹고는 영어를 포함한 유럽 언어들은 "진보적인 아이디어들을 억압하는 신식민주의적 구조의 일부다"(Ezenwa-Ohaeto 246)라고 말함으로써 메트로폴리턴 언어, 즉 식민종주국 언어인 영어로 창작하는 행위에 대해 비판했다.[4] 시옹고는 『마

***
4) 응구기 와 시옹고는 미국의 캘리포니아대학교(어바인 캠퍼스)의 비교문학/영문학과에서 가

응구기 와 시옹고 Ngugi wa Thiongo   치누아 아체베 Chinua Achebe

음의 탈식민화: 아프리카 문학에서의 언어의 정치학』*Decolonising the Mind: The Politics of Language in African Literature*에서 키쿠유의 사용을 금지했었던 식민주의의 민족문화 말살 정책에 대해 비판하고 언어가 한 민족의 "기억 저장소"memory bank라고 말한다.

> 문화는 도덕적, 윤리적, 미적 가치들을 구현한다. 즉 사람들이 자신들과 우주 속에서의 자신들의 위치를 알아볼 수 있게 해 주는 영적 안경을 만들어 주는 것이다. 그 가치들은 사람들의 아이덴티티의 근거이며 인류의 구성원들로서의 자신들의 특수성의 근거이다. 이 모든 것이 언어에 의해 수행된다. 문화로서의 언어는 역사 속에서의 사람들의 경험의 집단적 기억 저장소이다. (14-15)

르치고 있으며, 2006년에는 『까마귀의 마법사』*Wizard of the Crow*라는 자신의 작품을 영어로 번역하여 출간했다.

시옹고는 식민종주국의 언어인 영어로 쓰는 것이 식민화되었던 사람들의 "기억의 저장소"를 망각하게 만들기 때문에 영어 사용은 결국 독립 이후의 민족의식의 형성을 방해할 것이라고 비판한다.

그러나 나이제리아 출신 아체베는 1975년에 발표한 "아프리카의 이미지: 콘래드의 『어둠의 핵심』에서의 인종차별주의"An Image of Africa: Racism in Conrad's *Heart of Darkness*라는 에세이에서 제국주의를 비판한 작가로 칭송받는 조셉 콘래드Joseph Conrad의 작품에 보이는 아프리카인들에 대한 비인간적 형상화를 지적함으로써 탈식민주의 이론의 선구적 선언을 했지만, 작품 창작에서 영어를 사용함으로써 비판받기도 한다. 그의 『모든 것들이 허물어진다』*Things Fall Apart*라는 작품은 영어로 된 아프리카 소설의 원형으로 칭송받는다.5) 물론 아체베는 영어로는 정확하게 직접적으로 표현할 수 없는 독특한 아프리카적 사유양식과 생활방식을 묘사하는 일의 어려움에 대해 언급하면서, 그 경우 2가지 방향으로 갈 수밖에 없다고 말한다. 즉 하나는 관습적인 영어로 표현할 수 있는 한계를 유지하는 길이고, 다른 하나는 "아프리카적 사유 패턴을 수용하기 위해 영어의 경계를 확장하는 길"인데, 단순히 무지 혹은 순수 상태로서가 아니라 영어에 대한 정복mastery을 통해서 그렇게 할 수 있어야 한다는 것이다(Ogbaa 193). 아체베 자신은 이 두 번째 길, 즉 영어를 아프리카적 스타일로 변형시키는 방식을 택한다.

---

5) 미국의 NEHNational Endowment for the Humanities에서 만든 이 소설에 대한 강의계획 〈http://edsitement.net.gov/lessons-plans〉에는 안내하는 질문들을 다음과 같이 제기하고 있다. 즉 아체베는 작가/스토리텔러의 역할을 어떻게 보고 있는가? 그가 어떤 방식으로 소설을 역사에 대한 표현과 논평의 수단으로 이용하고 있는가? 이 작품은 아프리카와 다른 식민화된 사회에서의 기독교 선교에 대한 지배적인 서구적 관점에서의 역사에 대한 대안적 내러티브an alternative narrative를 전달하는 데에 얼마나 성공하고 있는가?

영어를 아프리카적 스타일로 변형시키는 것은 일종의 흉내내기mimi-cry로서 조롱을 통해 식민권력에 대해 저항하는 방식이 될 수도 있을 것이다. 이 문제는 샐먼 루시디Salman Rushdie와 아밋 차우두리Amit Chaudhuri의 대조적 입장에서도 보인다. IWEIndian Writing in English에 관한 루시디와 차우두리 사이의 일종의 논쟁은 아체베와 시옹고 사이의 대립을 연상시키는 면이 있다. 루시디와 차우두리는 두 사람 모두 영어로 작품 활동을 하고 있고, 각각 미국과 영국의 대학에서 문학과 창작을 가르치고 있지만, IWE에 관한 두 사람의 관점은 다르다. 차우두리는 인도 문학이 영어로 쓰는 작가들의 작품들에 의해서만 규정될 수는 없다는 점을 지적하면서 이른바 "인도성"Indianness의 의의와 가치가 무엇인지에 대해 반성해야 할 필요가 있음을 언급한다.

한 편 루시디는 독립 이후의 최상의 인도 문학은 제국주의자의 언어, 즉 영어로 된 것이라는 사실에 대해 부담을 가질 필요가 없다는 관점을 지닌다.[6] 루시디는 그 자신과 엘리자베스 웨스트Elizabeth West가 편집한 현대 인도문학 선집의 서문에서 옛 식민종주국 언어인 영어를 계속 쓰는 것을 "치명적인 결함"a fatal flaw이라고 보는 일부 사람들이 있을 것이라고 말하고, "인도-앵글리언"Indo-Anglian 문학에 대해 비판적으로 보는 사람들은 인도에 사는 유라시안들Eurasians인 "앵글로-인디언들"Anglo-Indians 공동체에 대해 편견을 지니고 보는 것과 같다고 쓰고 있다(x). 루시디는 독립

---

6) 루시디는 한 인터뷰에서 정의justice의 정도가 많이 증가한 것이 아닌가라는 질문자의 물음에 대해 "위대한 제국들의 시대는 지났다. 내 자신의 출신지인 인도를 포함하여 많은 국민들이 그들 자신들의 운명을 외부에 의해 결정되게 하는 것 대신에 스스로 결정하고 있다. 그러나 역사는 동시에 언제나 양방향으로 흐르는 강들 중의 하나다. 중국을 보면, 그다지 발전이 없었다. 많은 이슬람 세계에서는 역행하고 있었고, 아마도 미국의 일부 부면들에서도 그렇다"고 대답한다(*Foreign Policy*, August 14, 2012).

샐먼 루시디 Salman Rushidi   아밋 차우두리 Amit Chauduri

이후의 인도의 최상의 문학이 식민주의자들의 언어인 영어로 된 것이라는 사실을 부담스럽게 여기는 사람들에 대해 비판적으로 언급하고, "영어는 세계에서 가장 강력한 커뮤니케이션의 매개물이다. 그렇다면 우리는 이 예술가들이 그 언어를 능숙하게 활용하게 된 것을 기뻐해야 하는 것이 아닌가?"(xii)라고 되묻는다.

한편 차우두리는 그가 편집한 『현대 인도 문학의 피카도 선집』 *Picador Book of Modern Indian Literature*에 붙인 서문에서 "무한히 풍부하고, 복합적이며, 문제적인 실체인 인도문학이 영국이나 미국에 살고 있는 소수의 영어로 쓰는 작가들에 의해서만 대표될 수 있는가?"(xvii)라고 묻고 있다. 차우두리는 인도에서의 영어의 위치와 의미에 대해 관심을 기울이고 있다. 특히 루시디의 『자정의 아이들』 *Midnight's Children* 발표와 "영어로 된 인도 소설"the Indian Novel in English이라는 개념의 발생 이후 대중매체와 학계에서 그것이 인도문학에서 중심적인 것으로 보이기 시작했으며, 현대 인도 아이덴티티(혹은 아이덴티티들)의 진화에 중요한 역할을 담당했던 인도의 토착언어들과 그것들의 현대적 전통들의 중요성에 대한 인식은 약화되었다고 비판적으로 지적하고 있다(xxiii).

앞에서 언급했듯이, 탈식민 국가들의 문학이 식민종주국의 언어를 사용한 것일 때, 예를 들면 인도 작가가 영어로 작품을 쓸 때, 예술적 전제와 원근법, 가치판단이 결국 영국체제를 복제하게 되는 것이라고 지적할 수 있다. 탈식민적 아이덴티티를 형성하는 것을 지향하는 문학작품들이 탈식민적 의도와는 달리 식민종주국의 체제를 복제하게 된다면 비판의 대상이 될 수밖에 없을 것이다. 그러나 이스마일 탈리브Ismail S. Talib가 언급하듯이, 나이지리아, 잠비아, 싱가폴과 같이 다문화적 탈식민 사회들에서는 중립적인 언어 혹은 공통언어a *lingua franca*가 없기 때문에 영어가 하나의 "중립적 언어"a neutral language로서 정당하게 사용될 수 있으며, 특히 인도의 경우는 영어가 "평화를 만드는"peacemaking 역할을 담당하기 때문에 영어 사용을 옹호할 수 있을 것이다(105-6). 또한 아프리카적 스타일로 변형된 영어를 쓰는 아체베와 같이 변형된 영어를 통한 일종의 흉내내기로서의 창작 작업 자체가 지닌 탈식민적 저항의 가능성도 부정할 수는 없다.

흉내내기라기보다 영어를 개조refashioning함으로써 영어가 안치하고 있었던 식민주의적 가치체계에 도전하는 시도라고 할 수 있겠는데, 이 점에 대해 『다시 쓰는 제국: 포스트콜로니얼 문학의 이론과 실제』의 저자들은 권력의 매개물로서의 언어의 중요한 기능에 대한 인식은 "포스트콜로니얼 글쓰기가 중심의 언어를 장악하여 식민화된 지역에 완전히 적응된 담론 속에서 그 중심의 언어를 대체할 것을 요구한다"고 주장한다(38).

그들이 말하는 영어 개조의 전략들은 텍스트 속에 번역 불가능한 단어들을 삽입하는 것, 모호한 용어들을 해설하는 것, 표준 영어의 통사규칙을 따르지 않는 것 등이다. 표준 영어English를 전복시키고 개조함으로써 다양한 새로운 형태의 영어들englishes을 만드는 것을 통해 표준 영어가 저장하고 있었던 식민주의적 가치들에 대해 도전하고 비판한다는 것이다 (McLeod 29). 구체적인 예를 들면, 린튼 크웨시 존슨Linton Kwesi Johnson의 이른바 "더브 시"dub poetry를 들 수 있다. 그의 "Inglan is a bitch"라는 작품 은 "w'en mi jus' come to Landan toun/mi use ot work pan di andah-groun/but work'in pan di andahgroun/y'u don't get fi know your way aroun'/Inglan is a bitch/dere's no escapin' it/Inglan is a bitch/dere's no runnin' whey fram it"으로 되어 있다(Longhurst 47). 식민종주국 언어인 영어의 제국화하는 문화적 권력에 대항하는 하나의 방법으로서 그와 같은 개조의 전략들을 시도해 볼 수 있다.

인도의 경우, R.K. 나라얀R.K. Narayan과 같이 인도인에 의해 영어로 창작된 문학Indo Anglican literature, E.M. 포스터E.M. Forster와 같이 영국인이 인도와 인도의 삶에 대해 영어로 창작한 문학Anglo Indian literature, 그리고 라빈드라나트 타고르Rabindranath Tagore와 같이 인도의 언어로 된 문학을 영어로 번역한 것Indo English literature라는 3가지 갈래로 정리될 수 있다 (George 1). 그런데 인도인에 의해 영어로 창작된 문학 혹은 IELIndian English Literature 진영의 주요 작가들 중의 한 사람인 물크 라지 아난드Mulk Raj Anand에 관한 논의는 후세대인 루시디와 V.S. 나이폴V. S. Naipaul에 대한 연구가 활발한 것과는 달리 상대적으로 미흡한 편이다. IELIndian English Literature의 주요 작가들 중의 한 사람인 아난드의 작품들이 독립 이후의 인도의 문화적 노력을 어떻게 형상화하고 있는지를 알아볼 수 있다.

물크 라지 아난드

포스트콜로니얼리즘과

물크 라지 아난드 Mulk Raj Anand

에드워드 사이드Edward Said가 말하 듯이, 식민주의를 파생시킨 제국주의는 "멀리 떨어져 있고 타인이 살면서 소유하 는 땅, 즉 당신의 소유가 아닌 땅에 정착 하고 그것을 관리하는 것을 뜻한다"(『문화 와 제국주의』 56). 그와 같은 강제적 관리 는 참기 힘든 고통과 비참함을 타인에게 초래한다는 점에서 비판과 저항의 대상이 될 수밖에 없다. "타자를 지배하고자 노력 하지 않는 것, 타자를 분류하거나 타자를 계층 질서 속에 위치시키고자 노력하지 않는 것"이 지식인에게 가치 있는 일이라고 사이드는 말하는데(『문화와 제국주의』 629), 이것은 포스트콜로 니얼리즘 논의에서도 강조될 수밖에 없다.

그런데 공식적인 식민주의 시대가 끝난 이후 지금까지도 계속 "탈식민화해야 하는" 과제를 안고 있는, 이른바 신식민주의적 조건 속에 있는 사람들의 경우 정치적 실천만이 아니라 문화 일반에 여전히 존재하고 있는 제국주의의 영향을 식별하는 것도 대단히 중요하다. 그런 식별이 식민주의적 세력에 대한 문화적 저항의 토대가 될 것이기 때문이다. 문학은 그러한 포스트콜로니얼 문화적 저항의 주요한 토대가 될 수 있다.

영문학의 경우 포스트콜로니얼리즘 연구들은 영국의 식민통치를 다룬 소설들, 즉, 조지프 러디어드 키플링Joseph Rudyard Kipling, E.M. 포스터 E.M. Forster, 조셉 콘래드Joseph Conrad, 조지 오웰George Orwell 등의 작품들에 식민지가 어떤 방식으로 재현되어 있는가? 라는 물음을 중시했다. 예를 들면 키플링과 포스터의 작품에 담긴 식민담론 혹은 제국주의 이데올로기, 콘래드와 오웰의 작품에 표현된 제국주의 비판과 오리엔탈리즘의 공존에 대한 점검 등이 그것이다. 다시 말하면, 식민지에 대한 영국문학의 비전을 다루는, 즉 식민종주국 문학작품들 속에 식민주의 이데올로기 혹은 식민담론이 어떤 방식으로 내포되어 있는가에 관한 분석이 많았으며, 또한 모더니스트 작품들을 포스트콜로니얼리스트 원근법으로 재해석하는 작업, 즉 그 작품들에 식민주의 이데올로기 혹은 식민담론이 어떻게 나타나고 있는가를 확인하는 연구들이 진행되었다.

그와 같은 과정에서 상대적으로 소외되었던, 인도의 포스트콜로니얼 민족주의 작가인 물크 라지 아난드Mulk Raj Anand의 문학을 논의의 부분적 대상으로 삼고, 그의 작품에서 탈식민화를 지향하는 다양한 문화적 저항의 방식들이 어떻게 나타나고 있는지를 알아보는 것은 의의가 있다.

아난드의 소설에는 3 유형의 인물들이 설정되어 있다. 즉 희생자들

the victims, 변화와 진보에 반대하는 압제자들the oppressors, 그리고 선한 사람들the good이다. 최하위 계층인 이른바 "불가촉인"不可觸人을 다룬 그의 『불가촉인』Untouchable에서 주인공은 희생자인데, 아난드는 압제자에 해당하는 것이 비합리적인 카스트 제도의 옹호자들이라고만 보는 듯하다.[7] B.R. 아그라왈B.R. Agrawal은 "휴머니스트로서 물크 라지 아난드는 인간의 성장 가능성을 탐구한다는 목적을 지니고 글을 쓰며, 보다 더 나은 세계와 건강한 문명화된 삶을 향한 인간의 진보를 방해하는 모든 비인간적 세력들을 확인하는 것을 추구한다"(xvii)고 쓰고 있다.

그런데 "모든 비인간적 세력들"을 오래된 인도의 신분계급 제도에만 돌릴 수는 없을 것이다. 영국의 작가인 포스터의 『인도로 가는 길』A Passage to India의 결말부분이 인도의 독립에 대한 전망을 불투명한 것으로 암시하고 있듯이, 인도의 개혁과 근대화의 전망에 대해 긍정적으로 보는 시각 그 자체를 차단하는 영국의 식민화 이데올로기가 "모든 비인간적 세력들"의 원동력이라고 볼 수 있다. 포스터는, 사이드가 비판적으로 보고 있듯이, 인도 민족주의적 시각과는 대립되고 인도인과 영국인이 서로 대립하는 민족이라는 감각을 약화하고 축소했다(『문화와 제국주의』 396). 즉 인도를 제국주의적 시선으로 보는 것이 포스터의 한계라고 할 수 있다.

식민지 작가들이나 지식인들에게는 문화적 민족주의에 토대를 둔 과거의 복구만이 아니라, 정확한 현실진단을 통해 구체적인 정치적 프로그램을 제시하는 것이 중요한 일이 된다는 점에서 아난드의 탈식민적 시각을 부정할 수는 없다. 이 작품의 마지막 부분에서 프로타고니스트는 "자, 우리는 카스트 제도를 파괴해야만 한다. 신분과 변경할 수 없는 직업이라

---

7) 이 작품은 1985년에 정혜경에 의해 우리말로 번역되어 『어느 천민의 하루』라는 제목으로 출간되었는데, 이 글에서의 인용과 번역의 출처는 인용문헌 목록에 있는 원저이다.

는 불공평을 파괴해야만 한다. 모든 사람들에게 권리, 특권, 기회가 공평하게 주어져야 한다는 것을 인정해야 한다. … 변기청소부가 직업을 바꾸면 더 이상 '불가촉인들'이 아닐 것이다"(Anand 155)라고 말하는데, 그것은 아난드의 탈식민적 전망을 암시한다.

> 인도의 짧은 황혼이 깔렸다가 사라지자 변형된 공간과 시간 속에서 갑작스런 충동이 파고들었다가 그의 영혼의 강물 속에 흩어져 있었던 모든 요소들을 끌어 모아 잠정적인 결론으로 이끌었다. 그는 가만히 속으로 말했다. "아버지에게 말해야지. 간디가 우리에 관해 말씀하신 그 모든 것들에 대해서. 그리고 그 시인이 말한 것들에 대해서. 아마도 그 시인을 다시 만나게 되겠지. 그러면 그 기계[수세식 변기]에 대해 물어보아야겠다." 그리고 나서 그는 집을 향해 계속 걸어갔다. (Anand 157)

아난드의 소설 『불가촉인』의 프로타고니스트인 바카Bakha와 같은 "불가촉인들"은 대표적인 하위계층, 즉 서발턴subaltern이라고 할 수 있다. 따라서 아난드의 소설은 서벌턴들에게 목소리를 찾아주는 수단이 된다고 평가할 수 있다(Agrawal 6).

아난드의 작품들을 읽으면서 『다시 쓰는 제국』The Empire Writes Back 의 저자들Bill Ashcroft, Gareth Griffith, Helen Tiffin이 "유럽의 역사적, 허구적 기록의 다시 읽기와 다시 쓰기"가 탈식민화의 과정에서 불가피한 것이라고 말한 것을 유념할 필요가 있다. 탈식민적 반응이라고 할 수 있는 문학 속에 식민종주국과 식민지 간의 관계가 어떻게 형상화되는가? 탈식민화 과정에서 문학이 식민종주국의 식민주의 이데올로기에 대해 어떻게 대항하는가? 제국이 식민화하는 대상들에 반해 우월한 주체로 자체를 규정하는 과정 혹은 "타자화"에 의해 파생된 억압적 이분법, 즉 식민종주국의 우월성과 식민지의 열등성이라는 이분법이 독립 이후의 식민지 문학에서는 어떻게 나타나는가? 아난드의 작품은 "되받아 쓰기" 혹은 "다시 쓰기," 즉 제국의 문명화된 중심에 의해 주변화된 야만성으로 묘사된 것들을 "다시 쓰는" 과정을 어떻게 보여주는가?

엘르키 뵈머Elleke Boehmer가 지적하고 있듯이, 창작시기의 대부분을 유럽에서 보낸 아난드는 지그문트 프로이트Sigmund Freud의 사상을 힌두이즘에 적용하여, 자신의 블룸스베리Bloomsbury 체류 기간에 대해 회고하면서 "나는 샤크티-샤크타 탄트릭the Shakti Shakti Tantric 사상을 통해 무의식을 해방하고 심연으로 파고들어 가기를 원했다"고 말했다고 하며, 또한 그는 D.H. 로렌스D.H. Lawrence의 문학을 예찬하면서, 로렌스의 "자발적인 것들"the spontaneous, "본능적인 것들"the instinctual에 대한 관심이 결국 "비서양적인 것들"the non-western의 옹호와 결합될 수 있다고 본다(125, 141).

"비서양적인 것들"은 식민화된 비서양인들의 경우 과거의 회복을 통해 되찾게 될 수도 있는, 민족의 고유한 아이덴티티와 우선 관련된다. 과거의 회복이 식민화된 사람들에게 유럽인들에 의한 지배로부터 벗어나는 가능성에 대한 확신을 심어줄 수 있는 것이 될 수 있기 때문이다. 프란츠 파농Frantz Fanon은 "식민지 시대 이전에 존재했던 민족문화를 열심히 탐구하는 것은 원주민 지식인들이 서구문화에 위축되거나 거기에 빠져 허우적대지 않기 위한 정당한 근거를 찾는 일이다. … 과거의 민족문화에 대한 요구는 단지 민족을 다시 살려내고 미래의 민족문화에 대한 희망을 정당화하는 역할만을 하는 게 아니다. 심리-정서적 안정이라는 관점에서 볼 때 그것은 원주민에게 중대한 변화를 일으킨다"(238-39)라고 주장한다. 파농은 식민지의 원주민 지식인의 의식화 과정을 3단계로 정리한다. 즉 첫 단계에서는 원주민 지식인은 지배세력의 문화에 동화된 것을 보여주고, 두 번째 단계에서는 "자신의 정체성을 놓고 혼란에 빠진다"는 것이며, 세번째 단계는 "투쟁의 단계"(251-52)라는 것이다.

그 의식화의 단계들은 식민화 전략들에 대한 식별과 그것들에 대한 대응을 가능하게 할 것이다. 그런데 로버트 영Robert Young은 식민화된 문화의 중요 관심사는 "서구의 근대성과 그 개념적인 정치적 장치에 대해, 전통으로의 복귀를 옹호하는, 대개 환상적인 전근대적 과거로의 복귀를 옹호하는 방식이 아닌 다른 방식으로 어떻게 명확히 저항할 수 있는가?"라는 물음이 되어야 한다고 주장하고, 파농의 관점은 근대성 혹은 식민주의에 대한 저항과 관련하여 만족스런 해결책은 아니라고 말한다(『포스트식민주의』605).

파농이 제시한 것에 대한 C.L. 이네스C.L. Innes의 요약을 따르면, 파농은 과거의 회복이 식민화된 사람들에게 유럽인들에 의한 지배로부터 벗어나는 미래의 가능성에 대한 확신을 심어줄 수 있는 것이 될 수 있었다(10-11). 그러나 과거의 복구 혹은 문화적 민족주의cultural nationalism만이 중요한 것이 아니라 정확한 현실진단을 통해 해방을 위한 정치적 프로그램을 작가들이나 지식인들이 제시해야 한다는 것인데, 아난드가 시도한 것도 그와 같은 맥락에서 이해해 볼 수 있다.

유럽의 권력구조를 해체하려는 포스트콜로니얼 담론은 포스트구조주의 이론과 마찬가지로 제국주의 시대의 전제들, 즉 한마디로 서양적 합리성의 우월성과 그 합리성의 보편화 잠재력에 대한 믿음에 대한 비판을 특징으로 한다는 점에서 "비서양적인 것들"에 대한 옹호는 탈식민적 저항의 방식이 될 수 있다. 알버트 J. 파올리니Albert J. Paolini가 말하듯이, 포스트콜로니얼리즘은 "헤게모니와 지배라는 유럽의 지배서사들을 붕괴시키고 약화시키려는 포스트구조주의적 욕망"(93)을 지니기 때문이다.

그런데 탈식민적인 문화적 저항의 방식이 식민권력의 규칙들을 이용하는 것이 될 때, 즉 식민권력이 만든 게임의 규칙을 따를 때, 그것은 식민권력에 의해 오히려 쉽게 차단될 수 있는 한계를 지니게 된다. 아쉬스 난디Ashis Nandi는 "서구는 단순히 근대 식민주의를 생산한 것만은 아니었다. 서구는 식민주의에 대한 대부분의 해석을 제시하기도 했다"(15)고 말하고, "장식용 반대자들"ornamental dissenters일 뿐인 엘리트 민족주의자들이 식민지 점령에 대해 민족주의로 대응함으로써 자신들을 여전히 식민권력의 통제 하에 두는 개념들을 이용하게 된다고 비판한다(18). 민족주의만이 아니라 과학과 기술에 토대를 둔 발전과 진보에 대한 옹호도 결국 식민화 이데올로기를 유지하고 강화하는 것이 될 수 있다. 왜냐 하면 그러한 옹호는 반식민적 민족주의의 주장들과 마찬가지로 서구의 근대성의 정치적 이데올로기를 내면화함으로써만 가능하게 되기 때문이다. 따라서 그러한 과정은 온전한 탈식민화를 추구하는 사람들을 이데올로기적으로 여전히 속박되게 만든다. 로버트 영에 따르면, 그러한 속박에서 벗어나는 방법을 난디는 "젠더와 혼성성의 문화 횡단들이 갖고 있는 변혁적 잠재력을 통한 대항 근대성의 창출"(『포스트식민주의』 606)에서 구한다.

같은 맥락에서 우리는 반식민적 민족주의의 한계에 대해 검토해야한다. 예를 들면, 가야트리 스피박Gayatri Spivak은 1992년 인도에서 일어난 힌두 민족주의의 분출을 인도 탈식민화의 실패의 예로 본다. 그녀는 "역사적으로 권위적인 민족정체성의 이름으로 근본주의 세력을 동원했던 것은 해당 국가인 인도의 우파 정치권력 중개자들 뿐 만이 아니다. 또한 좌파 이데올로그들 중 고립주의적 대항-민족주의counter-nationalism도 있다. 디아스포라 좌파의 반-민족주의자anti-nationalists 임을 공언하는 사람들 일부는 출신 나라의 종교적 민족주의에 열정적으로 맞서는 입장을 취하면서 추방자ex-patriate의 반동적 민족주의의 힘을 과시했다"(『포스트식민이성 비판』 499-500)고 쓰고 있다. "권위적인 민족 정체성"에 대한 주장이 억압적인 이데올로기로 작동할 수 있다는 것이다.

탈식민적 저항의 방식으로 호미 바바Homi Bhabha가 내세운 "흉내내기"mimicry는 식민주의의 거대담론들을 분열시켜서 해체하는 힘을 지니고 있는 일종의 조롱mockery의 형식이다. 즉 식민객체들the colonized 혹은 식민화된 사람들이 식민주체들the colonizer 혹은 식민화하는 사람들을 과장되게 희극적으로 모방함으로써 그 식민주체들이 이용하는 권력의 장치들이 허구적이고 인위적인 것에 지나지 않는 것들이라는 점을 입증하는 것이다. 사실 데이빗 허다트David Huddart가 말하듯이, 바바의 탈식민주의 이론 그 자체가 식민담론에 대한 일종의 흉내내기 혹은 조롱이라고 할 수도 있다 (57).

바바는 "흉내내기와 인간에 관하여"Of Mimicry and Man라는 글에서 "흉내내기 담론은 양가성ambivalence 주위로 구성된다. 흉내내기가 효력을 발생하려면 지속적으로 그것의 미끄러짐, 그것의 과잉, 그것의 차이를 생성해야 한다"(153)고 쓰고 있다. 식민담론이 양가성을 필요로 하고 양가성을 편입시키게 되는 것은 양가성이란 결코 정확하지 않은 흉내내기로서 그것이 식민주의의 거대담론들을 해체하는 힘을 지니기 때문이다(Huddart 60). 바바는 위에서 언급한 글에서 흉내내기는 개혁, 통제, 기율의 복합적인 전략이라고 말하고, 또한 "그것[흉내내기]은 권력을 시각화함에 따라 타자the Other를 '전유'한다"(153)라고 쓰고 있다.

바바가 말하는 흉내내기는 식민종주국 사람들의 문명에 대한 숭배 혹은 동경에 의한 것이 아니다. 예를 들면 아난드의 작품에서도 바카는 식민종주국 사람들인 영국인들을 흉내내고 싶어한다.

> 그는 금방 그들과 같은 생활을 하고 싶은 욕망에 사로잡히게 되었다.
> 그는 그들이 백인 나으리sahib, 식민지시대에 인도인이 유럽인에게 쓴 존칭들
> 이라는 것을 알고 있었다. 그는 나으리들의 옷을 걸치기만 하면 누구
> 나 나으리가 될 수 있다고 생각했었다. 그래서 그는 특유의 인도적인
> 절박한 상황 속에서도 할 수 있는 한 모든 면에서 그들을 흉내내려고
> 했다. (8)

불가촉천민인 바카의 영국인 흉내내기는 상대에 대한 정직한 존경
의 표현으로 볼 수도 있겠지만, 그럼에도 불구하고 흉내내기는 결국 지배
와 통제를 회피하는 무의식적, 의식적 방법이다. 산카란 크리슈나Sankaran
Krishna는 "식민권력은 더 우월한 합리성의 형식 혹은 문명으로 인정받아야
하는데, 그렇게 이해되어야 한다는 사실 때문에 원주민이 온갖 교활한 공
손sly civility으로 권위를 동요시킬 수 있게 허용하는 조건이 형성된다"(96)
고 설명한다. 즉 원주민의 과도한 순종이나 과장된 공손한 태도 혹은 지배
자의 권력과 지배력에 대해 지나치게 예찬하는 것과 같은 일종의 흉내내
기는 조롱 혹은 패러디로 변모될 가능성을 내포함으로써 식민화 세력들에
게 일종의 위협으로 인식되는 것이다. 애니어 룸바Ania Loomba는 파농의
글에서는 식민주의자들이 흑인 원주민들에게 백인 문화를 흉내내도록 요
구함으로써 억압적인 식민권력을 행사하는 것인데 반해, 바바의 경우는 그
러한 요구 그 자체가 식민주의적 헤게모니를 약화시키는 것이 되고, 따라
서 흉내내기가 권위를 침해하는 결과를 초래한다고 비교한다(149).
　그런데 이 흉내내기는 식민종주국인들 편에서 식민지인들을 모방하

는 것으로 나타나기도 한다. 예를 들면 이 작품에서 원주민들의 거부감을 피하기 위해 영국인 목사는 그 원주민들을 흉내내는 셈인데 아난드는 그에 대한 묘사와 설명에서 은연중에 백인 식민주의자들에 대한 비판을 드러낸다.

> 그는 북인도에다 구세군을 구축하기 위해서 원주민들의 풍습을 따르고 그들처럼 옷을 입는 데 있어서 모든 가치―출생, 종족, 피부색의 우월감을 내동댕이쳐버렸다. 그는 섬나라 근성인 편협한 애국심을 겁많은 박애주의자의 전문용어 속에 감춘 채 상투적인 기독교인의 냄새를 풍김으로써 중상층 영국인의 거만한 기질을 감추었었다. (106)

이 영국인 목사의 흉내내기는 식민권력의 강화를 위한 식민통치자들의 동화정책의 방식과 유사한 것으로 볼 수 있을 것이다. 그런데 그 반대의 경우, 즉 식민종주국인들을 식민지인들이 흉내낼 때는 영이 설명하듯이, "흉내내기는 권력에 힘을 불어넣어주면서 동시에 행위주체의 상실을 낳는다. … [식민지인이] 부지불식간에 무의식적인 위협의 행위자로 남게 되고, 그 결과 식민주의자의 입장에서는 토착민의 불길한 의도가 무엇인지를 추측하려고 하는 편집증에 사로잡히게 된다"(『백색신화』 369-70)는 점에서, 일종의 저항의 수단이 된다.

가야트리 스피박

포스트콜로니얼리즘과

가야트리 스피박 Gayatri Spivak

가야트리 스피박Gayatri Spivak 은 "서발턴"subaltern이라는 용어가 사회적 아이덴티티의 확립을 위한 투쟁을 수용하는 데에 융통성이 있다고 본다. 본래 군대에서의 낮은 계급을 뜻하는 말로 쓰였고, 안토니오 그람시Antonio Gramsci가 정치적 대표(사회에서 목소리를 지닐 수 있게 해 주는 수단)의 확립된 구조들로부터 제외되어 있는 자를 "서발턴"이라고 부르기도 했는데, 엄격한 계층 분석에 귀착하지 않는 모든 것을 묘사하는 것으로 변형된 이 용어를 스피박은 "상황적"situational이므로 선호한다고 말한다(*Post-Colonial Critic* 141).

포스트콜로니얼 비평에서 "서발턴" 개념은 식민종주국 혹은 메트로폴Metropole 문화의 헤게모니적 권력으로부터 사회적으로, 정치적으로, 지리적으로 소외되어 있는 자를 뜻하는 것으로 쓰인다.[8] 스피박은 "서발턴은 말할 수 있는가?"Can the Subaltern Speak?라는 글에서, 19세기 인도에서 자행되었던 과부 여성의 희생 관례에 대한 영국 식민주의자들의 태도에 대해 비판적으로 검토한다. 즉 남편의 장례 화장 장작더미 속으로 몸을 던져 죽기를 "선택하는" 과부 여성의 목소리가 그 원주민 여성을 구출하려는 영국 식민주의자들의 자기정당화 주장을 통해 결과적으로 침묵 당하게 된다는 것이다.

스피박은 이른바 "투명한 재현 모델"a transparent model of representation에 대해 비판한다. 그것은 억압받는 사람들을 재현하는 (혹은 대표하는) 그 영국 식민주의자들과 같은 서구의 진보적 지식인들 그 자신들이 지니고 있는 이념적 토대에 대한 자기성찰을 무시한 것에 대한 비판이다.

스피박의 그 글은 포스트콜로니얼 연구가 정치적 지배와 문화적 삭제라는 신식민주의적 강령들을 반복하게 되는 폐단이 있음을 지적한다. 다시 말하면 포스트콜로니얼 비평가가 자기도 모르는 사이에 식민주의와 공모하게 되는 모순에 대한 비판이다. 그 글에서 스피박은 라나짓 구하Ranajit Guha가 주도하는 "서발턴 연구 그룹"의 활동을 격려하면서도 동시에 비판하는데, 포스트콜로니얼 인도에서 저항의 목소리를 재확립하기 위해 "경제적으로 박탈당한 자들"이라는 뜻으로 "서발턴" 개념을 쓰는 것은 문제가 있다는 것이다. 그런 개념으로 집단화하면 구체적 개인들의 개별적 차이가

---

8) 영국이 대영제국the British Empire의 모국mother country, 즉 메트로폴이었는데, 이것이 확장되면 런던이 메트로폴이고 제국의 나머지 부분들이 페리페리periphery가 된다. 이것을 형상화한 W.A. 부게로W.A. Bouguereau의 1883년 그림이 있다.

무시될 수 있기 때문이다.

　스피박은 서발턴을 "차이의 공간"a space of difference이라고 보고, 서발턴을 위해 일한다는 것은 서발턴이 말하게 만드는 것이라고 주장하는데, 스티븐 모톤Stephen Morton이 정리하듯이, 스피박의 포스트콜로니얼 지식인으로서의 입장은 "현재의 물질적, 정치적 맥락으로부터 과거의 무력화되고 침묵당한 목소리들을 발굴해 내는 것"(58)이라고 할 수 있다.

　바트 무어-길버트Bart Moore-Gilbert가 말하듯이, "타자의 근본적인 타자성을 최대한으로 존중하여 현재적 상태를 손대지 않은 채로 그대로 두거나 아니면 그 비평가 자신의 주체-입장, 원근법, 혹은 아이덴티티 속으로 그 타자를 어떤 방식으로건 '동화'시키지 않은 채로 그 타자를 향해 '개방하는' 불가능한 곡예"(102)는 실질적으로 이질적인 사람들 사이의 문화적 연대성에 대한 가정을 버리고, 또한 서구 지식인들이 서발턴 조건에 대해 발언하게 하는 것보다 서발턴들이 스스로 자신들의 목소리로 말할 수 있게 허용함으로써, 가능해 질 것이다.

　스피박은 "우리가 강제나 위기 없이 어떻게 서발턴의 주목을 끌겠는가?"라고 자문하고 "필요한 집단적 노력은 법률, 생산관계, 교육체계, 보건을 변화시키는 일이다. 하지만 마음을 바꾸어가며 책임감 있게 다가서는 일대일 접촉 없이는 아무것도 찌르지 못하는 법이다"(『포스트식민이성 비판』524)라고 쓰고 있는데, 그녀가 여기서 말하는 "일대일 접촉"이 윤리적 특이성ethical singularity의 관점일 것이다.

　스피박은 "식민담론 연구는 피식민지인의 재현이나 식민지 문제에만 집중할 때 식민주의/제국주의를 과거 속에 안전하게 놓고 … 현재의 신식민적 지식생산을 종종 도와줄 수 있다"고 말하고 "나는 항상 구석 주변을 보고, 다른 사람들이 우리를 보듯 자신을 보고자 애쓴다. 하지만 그렇게 하는 것은 작업을 중단시키기 위해서가 아니라 작업을 덜 배타적으로 하기 위해서이다"라고 쓰고 있다(『포스트식민이성 비판』31-35). 식민주의 혹은 포스트콜로니얼리즘에 의해 제기된 것은 결국 좋은 삶이란 무엇인가? 라는 윤리적 문제와 무관하지 않다는 점에서, 스피박이 말하는 "윤리적 특이성"은 중요한 개념이라고 할 수 있다.

스피박은 마하스웨타 데비Mahasweta Devi의 단편소설 번역집인『가공의 지도』Imaginary Maps의 역자 서문에서 "윤리적 특이성"에 대해 언급하고 있는데 우리가 특정의 한 사람과 깊은 관계를 유지하고자 하거나 혹은 그 사람의 삶에 적극적으로 개입하려고 할 때, 파악하기 위해 계속 노력할 수밖에 없는 것이 그 사람과 연관된 일종의 "비밀"인데, 윤리적 특이성은 "비밀 조우"secret encounter라는 점에서 결국 윤리적 행동은 "불가능한 것들에 대한 경험"the experience of the impossible이 된다는 것이다("Translator's Preface" xxv).

"윤리적 특이성" 개념은 사람들의 결정과 행동은 상황 혹은 맥락에 따라 다를 수밖에 없다는 점에서 억압받는 사람들에 대해서도 그들 각자의 삶에 동일한 방식으로 개입할 수 없다는 사실에 대한 인식으로부터 출발한다. "특이성"이란 미리 정해진 규칙이나 따를 수 있는 선례가 없다는 것을 의미하기 때문이다. 스피박은 자크 데리다Jacques Derrida가 서양의 철학적 담론의 개념적 한계에 대한 분석으로부터 윤리와 정치와 윤리 사이의 관련에 대한 관심으로 이전한 것을 주목하고, 특히 에마뉘엘 레비나스 Emmanuel Levinas에 대한 데리다의 관심, 타자와의 윤리적 조응에 대한 그의 관심을 "긍정적 해체"affirmative deconstruction라고 부른다.

스피박은 데리다의 윤리적 관심을 "제 3 세계"의 반-세계화 행동주의로 발전시킨다(Morton 42-43). 그런데 이와 같은 "윤리적 특이성" 개념에도 불구하고 아리프 딜릭Arif Dirlik은 스피박을 비롯한 탈식민주의 이론가들을 "정치적 신비화와 이론적 혼란화의 장인"(525)이라고 비판한다. 산카란 크리슈나Sankaran Krishna도 스피박과 호미 바바Homi Bhabha가 "전지구적 불공평과 인종차별주의"를 복잡하게 뒤엉킨 산문으로 신비화하고 혼란스럽게 만든다고 비판한다(111). 또한 크리슈나는 탈식민주의 이론가들의 이른바 "문화적 전환"cultural turn의 경향이 역사의 미시적 단편들에 대해서만 관심을 기울이고, 또한 식민주의의 영향을 다루면서 개인적 심리의 깊이만 측량하는 데에 과도하게 관심을 기울임으로써, 경험론적으로 입증할 수 있는 착취의 구조들이나 권력의 제도들에 대한 이해를 약화시킨다고 비판한다 (111). 식민주의에 대한 문화적 저항의 방식에 대한 우리의 논의도 그와 같은 비판으로부터 자유롭지는 않을 것이다.

포스트콜로니얼리즘과 호미 바바

호미 바바 Homi Bhabha

호비 바바Homi Bhabha는 『문화의 장소』 *The Location of Culture*에서 "하이브리디티hy-bridity는 차별적인 아이덴티티 효과들의 반복을 통해 식민 아이덴티티에 관한 전제를 재평가하는 것이다. 그것[하이브리디티]은 차별과 지배의 모든 자리들에 대한 필요한 변형과 치환을 제시한다"(112)고 쓰고 있다. 흉내내기와 함께 바바의 분석에서 긴밀하게 상호 연관된 개념이 "혼종성"으로 번역하기도 하는 "하이브리디티"이다. 프란츠 파농 Franz Fanon에게는 "하얀 가면"을 쓴 "검은 피부"는 하이브리디티라기보다 진정성의 훼손인데, 바바에게는 저항의 방식이다.

하이브리디티에 대해 C.L. 이네스C.L. Innes는 "포스트콜로니얼리즘에서 이 개념은 다른 인종들과 문화들 사이의 조우 과정과 그 결과들을 지칭하기 위해, 그리고 고정되거나 안정되지 않은 아이덴티티 모델을 공식화하는 데에 사용되었다. 하이브리디티는『문화의 장소』에서 바바가 분석하는 것에 의하면, 식민주체[혹은 식민종주국]의 불안의 원천이 되고, 그래서 식민저항의 잠재적 터전이 되는 것"(236)이라고 정의한다.

물크 라지 아난드Mulk Raj Anand는 인도의 민족주의 작가이면서 동시에 유럽, 특히 영국 모더니즘 예술의 다양한 기법들의 영향을 받은 작가로서 하이브리디티의 예가 될 수 있다. 영국의 경우 모더니즘은 영국문화를 세계에 이식시키려는 제국주의적 의도를 지닌 것이었지만, 식민화 과정은 문화적 상호교섭을 통한 하이브리디티를 야기했다. 모더니스트들에게 영향을 준 지그문트 프로이트Sigmund Freud, 칼 마르크스Karl Marx, 프리드리히 니체Friedrich Nietzsche 등의 사상은 결국 기존의 억압적 관념들을 해체하는 전략들을 제공했던 것인데, 그런 전략들은 제임스 조이스James Joyce, 버지니어 울프Virginia Woolf, T.S. 엘리엇T.S. Eliot 등 모더니스트들의 우상파괴주의iconoclasm의 기초가 되었으며, 그 모더니스트들의 영향을 받은 식민지 출신 작가들에게는 자신들의 식민지 현실을 해석하는 데에 이용할 수 있는 새로운 기법을 공급했던 것이다.

마하트마 간디Mahatma Gandhi의 비폭력 개념이 미국의 초절주의자Transcendentalist들인 랠프 왈도 에머슨Ralph Waldo Emerson과 헨리 데이빗 소로우Henry David Thoreau, 그리고 러시아의 레프 톨스토이Leo Tolstoy의 사상의 영향을 받은 것과 같이, 그리고 네그리뤼드Négritude 이론이 프랑스의 지적 전통과 프랑스적 개념들로 설명되는 것과 같이, 식민통치를 비판하기 위해 반식민 운동에 참여하는 사람들이 식민종주국의 사상과 그들 자신의 토착적 사상을 혼합하여 정신적 하이브리디티를 형성하기도 한다. 따라서 그러한 하이브리디티의 반식민 전략으로서의 긍정적 가치에 대해 검토해 볼 수 있을 것이다.[9) 또한 W.B. 예이츠W.B. Yeats의 포스트콜로니얼리티 postcoloniality에 대한 논의도 참조할 수 있다.

하이브리디티가 식민권력에 대한 저항의 표현이 될 수 있다는 것은 그것이 인종적, 문화적 기원이라는 자연화된(당연시된) 신화들을 영속화시키는 식민담론에 대해 부정하기 때문이다. 하이브리디티는 인종적, 문화적 순수성이라는 일종의 본질주의적 수사에 도전하고 그러한 순수성, 본래성과 같은 관념들을 초월할 수 있는 사유양식을 제공한다. 하이브리디티는 정체성에 대한 본질주의적 관점을 지양하기 때문이다. 즉 에드워드 사이드 Edward Said가 말하듯이, "우리가 다루는 문화적 정체성의 형성은 그 각각이 본질이라는 형태가 아니라 … 대위법적으로 전체와의 관련 속에서 이해되어야 한다"(『문화와 제국주의』 131)는 점에서, 그리고 아이덴티티란 독자적으로 존재할 수 있는 것이 아니라 반대되는 것과 함께 존재하는 것이라는 점에서, 아이덴티티는 하이브리디티를 특징으로 하는 것이라고 보아야 한다.

그와 같이 하이브리디티의 반식민 전략으로서의 긍정적 가치를 인정할 수 있겠지만, 한편 애니어 룸바Ania Loomba가 말하듯이, "식민주의는 그것의 '타자들'others을 '문명화'해야 할 필요와 함께 그들을 영원한 '타자성'otherness에 고착시켜야 하는 필요성을 동시에 지니는"(145) 모순을 내포한다. 그러므로 유럽화된 원주민들을 만들려고 하는 식민정책은 원주민들

---

9) "네그리튀드" 개념은 프랑스 식민주의와 인종차별주의 상황에 대한 저항의 표현이었다. 1920년대 말 파리에서 프랑스 식민지 출신인 3사람의 흑인학생들, 즉 에메 세제르Aimé Césaire, 레온 곤트란 다마스Léon Gontran Damas, 그리고 레오폴드 세다 셍고르Léopold Sédar Senghor가 만나게 되고, 자신들의 식민화 경험과 자신들의 아이덴티티에 대해 비판적으로 검토하게 된 것이 네그리튀드 이론의 형성의 계기이다. 그것은 흑인들의 자기긍정, "흑인세계" 문명의 가치에 대한 긍정을 특징으로 한다(Stanford Encyclopedia of Philosophy 〈http://plato.stanford.edu/entries/negritude〉 참조).

이 유럽인을 흉내낼 수는 있으나 결코 같아지지는 않는다는 한계를 확인하게 하여 그들의 복종을 조장하는 일종의 이데올로기로 작동하는 것이라는 지적은 참고할 만하다.

비슷한 맥락에서, 하이브리디티는 식민화가 파생시킨 디아스포라di-aspora 때문에 생기는 소속감의 결여를 나타내는 것으로서 식민권력에 대한 저항에서 기본적으로 갖추어야 할 개인성에 대한 도전이 되는 것으로 보는 시각이 있다.

저스틴 D. 에드워즈Justin D. Edwards는 "결국, 인종적, 문화적 순수성과 관련된 모든 신화들은 차이를 확립하고 유지하려는 방식으로 식민담론 속에서 유포된다. 하이브리디티는 그렇다면 본질주의적 수사학에 도전하고 '순수성' 혹은 '진정성'과 관련된 개념들을 초월하는, 문화들에 대한 사유방식을 제공한다"(140)고 말한다.

그런데 포스트콜로니얼리즘 비평이 제국주의에 의해 상실된, 식민화 이전의 토착적 경험을 복구하고 재조사하는 것을 중시한다고 볼 때, 토착 문화의 복구를 거의 불가능하게 만드는, 개인성의 상실에 의한 하이브리디티는 식민화의 효과로서 부정적인 하이브리디티라고 할 수 밖에 없다. 예를 들면 아난드의 『불가촉인』*Untouchable*에서 주인공 바카Bakha는 영국인들의 모습에 대한 동경으로 그들에 대한 흉내내기를 통한 하이브리디티화에 가치를 부여하게 되는데, 그것은 자신의 토착문화에 대한 경시를 수반한다.

> 그는 토미[영국병정의 속칭]들의 막사에서 일했던 적이 있었고, 진기하고 깨끗한 다른 세계를 엿보았기 때문에, 자신의 집과 거리, 마을을 좋아하지 않았다. 그는 원주민 신발에서, 선물로 얻은 군화로 발전했

다. 이 군화와 다른 멋있는 옷가지를 가지고서 그는 그의 천국이나 다를 바 없는 하나의 신세계를 구축했다. 왜냐 하면 그것은 낡아서 뼈만 남은 질서와, 그가 태어난 괴어 있는 웅덩이와 같은 골목길로부터의 변화를 의미했기 때문이다. (68)

그렇지만 바바가 "나에게는 하이브리디티의 중요성은 제 3의 것을 출현시키는 2개의 원래적인 순간들을 추적할 수 있는 데에 있는 것이 아니라 하이브리디티는 다른 입장들의 출현을 가능하게 하는 '제 3의 공간'이 된다는 점이다"("Third Space" 211)라고 쓰고 있듯이, 하이브리디티의 긍정적인 의의에 대해서도 살펴보아야 한다. 바카가 마음 속에서 구축하는 "천국이나 다를 바 없는 하나의 신세계"라는 것은 그런 "제 3의 공간"과 같은 것으로 풀이해 볼 수 있다.

이와 같은 포스트콜로니얼리즘에서의 하이브리디티는 포스트모더니즘에서는 오히려 적극적인 추구의 대상이다. 제이스 위버Jace Weaver는 "포스트모더니즘과 마찬가지로 포스트콜로니얼 이론은 본질주의, 즉 특정의 인종적/종족적 범주 혹은 아이덴티티 내에 '실질적인' 본질이 있다고 보는 전제를 부정한다. 본질주의 대신에 그것은 하이브리디티, 동시성, 그리고 코스모폴리타니즘을 촉진한다"(226)고 말한다.

예이츠
포스트콜로니얼리즘과

J. 힐리스 밀러J. Hillis Miller는 『실재의 시인들』*Poets of Reality*에서 20세기의 문학은 낭만주의의 주관주의를 극복하려는 방향으로 나아가고 있다고 보고 "실재 앞에서의 자아의 소멸은 사물들을 정복하려는 권력의지의 포기를 뜻한다. 이것은 근대인이 수행하기가 가장 어려운 일이다. 그것은 우리문화의 모든 경향들을 역행한다. … 의지의 포기를 통해서만 대상들은 그것들의 현존의 온전성 속에서 있는 그대로의 모습을 드러내기 시작한다"(8)라고 쓰고 있다.

여기서 밀러가 말하는 "우리문화의 모든 경향들"이라는 것은 외부의 사물들을 자아가 지배하고, 조종하고, 정복해야 하는 대상들로 여기는 경향, 다시 말하면 실재 앞에서 자아를 소멸시키지 않고 외부의 사물들에 대한 권력의지를 포기하지 않는 경향을 뜻한다. 그런데 이러한 경향은 단순한 인식론적 차원만이 아니라 억압적 식민주의 이념과도 관련이 있는 것으로 확대해 볼 수 있다. "의지의 포기를 통해서만 대상들은 그것들의 현

W.B. 예이츠 W.B. Yeats

존의 온전성 속에서 있는 그대로의 모습을 드러내기 시작한다"는 밀러의 말에서의 "의지의 포기"도 식민주의에 의해 세계가 부당하게 변질되는 것에 대한 부정을 뜻하는 것으로 풀이해 볼 수 있다.

에드워드 사이드Edward Said가 지적하듯이, W.B 예이츠W.B. Yeats는 현대 영문학과 유럽 모더니즘에서 확고한 위치를 차지하고 있고 그런 담론 속에서 논의되어 왔지만, "유럽 제국주의에 의해 유린된 식민지 세계의 반란이 절정에 이른 시대의 식민지 세계라는 전통"(『문화와 제국주의』 427) 속에 속한다. 현실로부터 요정의 땅으로의 "떠남"이라는 예이츠의 초기시의 주제도 단순한 도피의식이라기보다 억압적인 식민지적 현실에 대한 시적 변형의 추구로 볼 수 있다.

물론 상상력에 의한 현실의 시적 변용은 구체적 현실에서 실제적으로 발생하는 변화는 아니다. 이것은 식민지적 생존양식을 극복해야 하는 것이 민족적 과제였던 조국 아일랜드의 상황에서 예이츠가 택한 시인으로서의 길이 지닌 한계라고 볼 수 있다. 왜냐 하면 헬렌 레구에이로Helen Regueiro가 "예이츠는 역사적 과정으로부터 물러서고 의도적 세계를 만드는 것으로부터 시작한다"(39)고 쓰고 있듯이, 예이츠는 상상력에 의해 창조되는 일종의 허구 속에서 구체적인 역사적 실상들 혹은 식민지적 현실로부터 거리를 유지한 면이 있기 때문이다.

그러나 예이츠의 영국에 대한 반식민주의적 저항은 영국의 문화적 지배에 저항하기 위해 식민화 이전 아일랜드의 과거를 회생시키는 문화적 작업으로, 그리고 자신의 시대의 식민지 현실을 변형시키고자 하는 노력으로 나타났다고 할 수 있다(Ramazani 21). 물론 예이츠의 유럽중심주의 Eurocentricism, 앵글로-아이리쉬 프로테스탄트Anglo-Irish Protestant 집단에 대한 연루 등을 지적하면서 그의 문학을 포스트콜로니얼리즘 문학으로 인정하는 것은 문제가 있다고 보는 관점도 있다. 하지만, 하이브리디티, 문화적 아이덴티티, 민족의 형성 등에 대한 예이츠의 관심은 포스트콜로니얼리즘 문학의 관심과 겹친다. 그리고 많은 아프리카, 아시아 등의 포스트콜로니얼 작가들 중에서 그의 영향을 받은 사람들이 많다는 점도 언급할 수 있다. 사이드는 모더니스트 시인으로서의 예이츠의 확고한 지위만이 아니라 "반제국주의 저항운동 기간에, 바다 건너 열강에 의한 압제 하에서 신음하는 사람들의 경험과 열망과 부흥의 비전을 명확하게 말한 민족시인"으로서 문화적 반식민지화를 추구한 인물이기도 했다고 예이츠에 대해 평가하고 있다(『문화와 제국주의』 427).

자신이 만들어낸 "의도적 세계" 속에서 안주할 때, 다시 말하면 상상력에 의한 현실의 시적 변형의 추구가 극단으로 치달을 때 빠지기 쉬운 위험은 예이츠가 초기시에서 나타냈던 유아론solipsism으로의 귀결이다. 예이츠는 그의 시적 경력이 진행되어 감에 따라 이 유아론으로의 귀결이라는 위험을 3가지 방식으로 극복하려고 했음을 확인할 수 있다.

> 첫째는 『세븐 우드 속에서』In the Seven Woods 이후 그가 지향한 시적 사실주의poetic realism의 추구이며,
> 둘째는 개인과 역사의 제반 문제들을 설명할 수 있게 해 주는 체계, 즉 『비젼』A Vision으로 대표되는 형이상학적 체계의 수립이다.
> 셋째는 그 형이상학적 체계의 폐기를 통한 삶으로의 복귀이다.

예이츠의 시적 경력, 즉 그의 시의 발전적 변모과정 중에서 1904년
에 나온 『세븐 우드 속에서』와 1910년의 『푸른 투구와 기타 시들』*The
Green Helmet and Other Poems*, 그리고 1914년의 『책임』*Responsibilities*에 이르
러 그의 작품들이 사실적인 것이 되었다는 판단에 대해 고려해 볼 필요가
있다. 대체로 연구가들은 모드 곤Maud Gonne을 향한 사랑의 좌절이 예이츠
로 하여금 "쓰라린" 현실을 직시하도록 만들었으며 공적으로는 아일랜드
문예부흥과 관련된 극작활동이 그의 시를 사실적으로 만드는 데에 기여했
다고 보고 있다. 그러나 여기서 시가 사실적으로 되었다는 것은 무슨 뜻인
가? 알렉스 프레밍거Alex Preminger의 사전에 의하면 사실주의적 시는 3가
지 조건을 구비해야 한다(685).

> 첫째, 일상적인 상황들과 보통의 인물들을 평범한 배경 속에서 (사회
> 의 하층계층에 강조점을 두면서) 묘사한다.
> 둘째, 지나친 이미지와 은유의 사용을 배제한다.
> 셋째, 실제의 생활언어를 재생하고 산문리듬에 접근한다.

『세븐 우드 속에서』에 실린 "아담의 저주""Adam's Curse"를 이 3가지
조건을 어느 정도 구비하고 있는 작품들 중의 하나로 볼 수 있을 것이다.
이 작품은 "극화된 대화"(Unterecker 69-70)의 수법을 통한 객관성과 함께
구체적 배경과 일상의 장면을 통한 사실성을 구현하고 있다. 그러나 "공허
한 달처럼 지친 가슴으로"As weary-headed as that hollow moon라는 직유에서
도 보이는 일종의 "감흥의 오류"pathetic fallacy는 그가 극복할 수 없었던 주
관주의의 요소가 된다는 점을 지적할 수 있을 것이다.
    존 러스킨John Ruskin에 의해 하나의 비평적 용어로 만들어진 "감흥

의 오류"는 "그들 앞에 혹은 위에 있는 것들을 다루기에는 너무 약한 정신과 육체"의 기질의 산물로 풀이된다(Rosenberg 67). 러스킨이 사실을 왜곡시키는 강한 주관적 감정의 표출을 배격하고 사실의 정확한 제시를 강조한 것은 과학적 합리주의 정신이 팽배되기 시작했던 빅토리아조의 지적 경향과 관련이 있을 것이다. 이러한 과학적 합리주의에 의한 진리, 즉 예이츠가 "행복한 목동의 노래"The Song of the Happy Shepherd에서 "잿빛 진리"Grey Truth라고 했던 객관적 진리가 아니라 "그대 자신의 가슴"thine own heart 속에만 있는 주관적 진리를 추구한 것이 예이츠의 기본적인 문학정신이라고 본다면 우리는 외부의 사물들에 대한 그의 태도가 "자연세계의 일반적 양상들만 보고 그 양상들을 내적 분위기에 대한 외적 상관물로서 효과적으로 이용하는 것"(Rudd 25)이라는 분석에서 나타나듯이 러스킨적 의미에서의 "감흥의 오류"를 범할 소지가 예이츠에게 충분히 있다는 사실을 부인할 수 없다.

그러나 예이츠가 자신의 초기시집 『교차로』Crossways를 출판하기 전인 1888년에 쓴 편지에서 "동경과 불평의 시"poetry of longing and complaint가 아닌 "성찰과 지식의 시"poetry of insight and knowledge를 구별하고 현실로부터 벗어나 요정의 땅으로 가려는 자신의 초기시의 경향을 반성하고 있는 것을 보면 위의 판단에 대해 반드시 긍정적으로만 생각할 수도 없다(Jeffares 13). 우리는 적어도 『세븐 우드 속에서』 이후의 시집에서는 예이츠가 "동경과 불평의 시"가 주종이었던 초기시에서 벗어나 "성찰과 지식의 시"를 쓰고자 했다는 점을, 그리고 이 "성찰과 지식의 시"가 시적 사실주의를 지향하는 것이었다는 점을 인정할 수 있으며, 예이츠의 포스트콜로니얼리즘도 그러한 시적 사실주의를 통해 구현되는 것이라고 할 수 있다.

1919년에 나온 『쿠울 호수와 야생백조들』The Wild Swans at Coole에 실

린 "어부"The Fisherman의 마지막 시행들 속에서 예이츠는 그의 시적 화자를 통해 "나는 그에게 한 편의 시작품을/써 주리라, 아마도/새벽처럼 차갑고 정열적인 시를"I shall have written him one/Poem maybe as cold/And passionate as the dawn이라고 말하고 있다. 새벽이라는 여명은 밤의 어둠과 아침의 밝음이 교차하는 시간이다. 예이츠가 이상적인 시로 내세운, 사물인식의 명증성과 실천의지의 치열성이 화합된 시, 곧 "차갑고 정열적인" 시는 시적 사실주의를 지향하는 "성찰과 지식의 시"라고 할 수 있다. 예이츠가 시집 『책임』의 서장에 인용해 놓은 "꿈속에서부터 책임이 시작된다"는 말에 보이는 "책임"이란 곧 현실인식의 명증성을 통한 일종의 탈식민적 실천의지로 볼 수 있다. 그러한 현실인식과 실천의지를 위해 예이츠는 그의 "꿈에 젖은 눈"을 뜨고 "꿈깬 눈"으로 세상을 보아야만 했다.

여기서 "꿈"이라는 것은 상상력에 의한 현실의 심미적 변형이라는 말로 바꿀 수 있다. 그렇다면 이 심미적 변형을 제거해야만 하는 것인가? 다시 말하면 대상을 심미적으로 변형시키는 상상력은 현실인식의 명증성을 방해하는가? (여기서 "상상력"이라는 개념을 정립하기 위해 긴 논의를 할 수는 없다. 다만 "부분적인 지각작용의 내용을 전체라는 장 속에서 재구성하는 능력"으로서의 종합적인 상상력은 현실인식의 전제조건이 된다고 말할 수 있다.)

시적 사실주의를 지향했던 시기의 예이츠의 작품들 중에서 현실의 심미적 변형에 대한 회의를 나타내는 작품들을 찾아볼 수 있는 것은 우연한 일이 아니다. "나무가지들의 위축"The Withering of the Boughs에 보이는 "겨울바람 때문에 나무가지들이 시들어 버린 것이 아니다./나무가지들이 시든 것은 내가 나의 꿈을 들려주었기 때문이다"No boughs have withered because of the wintry wind;/The boughs have withered because I have told them my dreams)라는 후렴은 객관적 대상(나무가지)이 이미지의 창조(꿈)에 의해 그 자체의 고유한 뜻을 잃어 버렸다(시들었다)고 반성하는 것으로 풀이해 볼 수 있다. 그리고 "포딘"Paudeen에서와 같이 이 시기의 예이츠의 작품들에 자주 등장하는 시적 화자인 "거지"beggar는 "소유물들과 그것들이 야기시키는 근심들로부터 벗어나 있기 때문에 세계를 있는 그대로 보고 말할 수 있다"(Gilbert 42)는 점에서 "아커디의 숲"The woods of Arcady을 동경하며 꿈꾸는 초기시에서의 "행복한 목동"happy shepherd과 다르며, 후기시에서 자주 등장하는 "노인"old man과도 다르다. 그러나 거지가 시적 화자로 자주 나온다고 해서 그것이 프레밍거가 제시한 사실주의적 시의 3가지 조건들 속에 포함되어 있는 "사회의 하층계층에 대한 강조"를 뜻하는 것은 아니다. 그리고 바로 이 점에서 예이츠가 비록 개인적인 쓰라린 체험에 의해 현실을 직시할 수 있게 되고 중기시에서 시적 사실주의를 지향했다고 하더라도 극복하기 어려웠던 엘리트주의의 한계라고 할 수도 있다.

리차드 엘만Richard Ellmann의 지적과 같이 예이츠는 그의 어느 작품에서도 "하층계층의 구체적 생활상에 대한 인식"(*Man and Masks* 295)을 보여주지는 않는다. 그러나 이 한계는 예이츠 개인의 한계라기보다 예술로서의 시의 한계라고 말할 수도 있을 것이다. 왜냐하면 세계에 대한 진술이라기보다 시인의 개인적 비젼의 표현인 시는 시인과 독자를 구체적인 현실로부터 유리되게 만들 수도 있는 속성을 지니기 때문이다.

초기시에서의 낭만적 경향에서 벗어나 시적 사실주의를 지향했음에도 불구하고 예이츠가 "진리"의 추구로 귀착하게 되는 것은 역사적 실상으로서의 세계와 시인의 개인적 비젼 사이의 관계라는 핵심적인 문제와 연관된다.

비록 잎사귀들은 많지만, 뿌리는 하나다.
나의 젊음의 모든 나날들을 통해
햇빛 속에서 나의 잎사귀들과 꽃들을 흔들었지만,
이제 나는 진리 속으로 시들어지리라.

Though leaves are many, the root is one;
Through all the lying days of my youth
I swayed my leaves and flowers in the sun;
Now I may wither into the truth. (CP 105)

"비록 잎들은 많지만, 뿌리는 하나다. … 이제 나는 진리 속으로 시들어지리라"는 이 "세월과 함께 오는 예지"The Coming of Wisdom with Time에 보이는 "진리"는 심미적 변형 이전의 있는 그대로의 사물들 그 자체의 진실이라고 할 수 있다. 다시 말하면 "햇빛 속에서 잎들과 꽃들을 흔드는 것" 대신에 "진리 속으로 시들어지는 것"을 택함으로써 예이츠가 구체적인 현실세계(햇빛)로부터 떠나려는 것은 초기시에서의 요정의 땅으로의 "떠남"이라는 주제의 반복이다. 그러나 이 요정의 땅으로의 "떠남"은 상상력에 의한 현실의 시적 변용을 뜻하는 것에 반해서 "진리 속으로 시들어지는 것"은 오히려 상상력에 의해 심미적으로 변형된 현실이 아니라, 인간적 가공이 가해지기 이전의 변형되지 않은 있는 그대로의 사물 그 자체의 진실을 추구하는 것이라고 할 수 있겠다.

이 있는 그대로의 사물 그 자체 혹은 궁극적 실재에 대한 이해를 위해 구체적 현실과의 접점을 상실해 버리는 초월적 순간을 예이츠는 "차가운 천국"The Cold Heaven에서는 "빛의 수수께끼에 휘말려"Riddled with light 라는 시어로 표현하고 있다. "모든 이것저것의 일시적인 생각들이 사라져 버리는 것"every casual thought of that and this/Vanished....은 구체적인 현실 혹은 역사적 실상들과 개인적 비젼 사이의 긴장이 해소되어 버리는 것이라고 할 수 있다. 로버트 스누컬Robert Snukal이 "그는 완성의, 즉 천국의 빛에 휘말렸다. 완성에 대한 생각으로 그는 미쳐 있는 것이다"(64)라고 주해하고 있듯이, "빛의 수수께끼에 휘말려" 있는 것은 분명히 구체적 현실과의 접촉을 상실하는 것이라고 보아야 할 것이다.

『세븐 우드 속에서』 이후 예이츠의 시가 구체적인 배경과 일상적인 소재를 택하여 사실주의적 시를 지향하게 되었다는 점보다도 우리가 더 주목해야 하는 것은 그가 "모든 사물들의 기본적인 설계도"의 수립을 갈망하게 되었다는 사실이다. 왜 그는 그와 같은 설계도를 필요로 했던 것인가? 개인의 운명과 역사의 제반 현상들을 설명할 수 있게 해 주는 신화적 체계는 단편화, 소외화를 특성으로 하는 현대문명의 무질서에 대한 반反자아 혹은 가면Mask이라고 할 수 있다. 우리는 예이츠의 포스트콜로니얼리즘의 방식을 그런 뜻에서의 가면에서 찾을 수 있다.

사이드는 "반식민지화의 모든 시인이 그러하듯이 예이츠도 악전고투하면서, 하나의 상상적인 또는 이상적인 공동체의 윤곽을, 그 독자적인 의미부여에서만이 아니라, 적으로부터의 의미부여도 포함하는 형태로 명확하게 선언하고자 했다"(『문화와 제국주의』 449)고 말하는데, 현대문명의 무질서에 대한 반反자아 혹은 가면으로서의 신화적 체계를 예이츠가 수립하고자 한 것은 바로 그 "하나의 상상적인 또는 이상적인 공동체의 윤곽"을 그림으로써 식민지적 현실과 식민화의 병폐를 치유하고자 했기 때문이라고 할 수 있을 것이다.

현대문명의 무질서에 대한 가면으로서의 신화적 체계의 의의를 알아보기 위해 T.S. 엘리엇T.S. Eliot의 말을 살펴볼 수 있다. 그는 제임스 조이스James Joyce의 『율리시즈』*Ulysses*를 논평하는 자리에서 "신화를 사용함으로써, 즉 당대와 고대 사이의 지속적인 평행을 조종함으로써 조이스씨는 다른 사람들도 그를 따라서 추구해야만 할 방법을 추구하고 있다. … 그것은 단지 당대 역사, 즉 허망과 무질서의 거대한 파노라마를 조정하고, 질서화하며, 그것에 형태와 의의를 부여하는 방식이다. 그것은 예이츠씨에 의해 예시된 바 있는 것으로서 내가 믿기로는 예이츠씨야말로 그것의 필요를 인식한 최초의 동시대인이다"(Langbaum 3)라고 말한다.

반식민지화를 요구했던 당대의 역사적 현실 혹은 총체성을 상실한 시대의 상황을 "조정하고, 질서화하며, 그것에 형태와 의의를 부여하는 방식"으로서 현대와 고대를 병행시키는 이른바 "신화적 방법"the mythic method 은 "시적 전통의 결함 없는 교회, 즉 하나의 새로운 종교"(Yeats, *Autobiographies* 115-6)를 수립했다는 예이츠 자신의 말에서의 "새로운 종교"a new religion와 같은 맥락에서 이해될 수 있다. 그러나 예이츠는 조이스처럼 이미 있는 고대의 신화를 이용한 것이라기보다 "모든 사물들의 기본적인 설계도"로서의 신화적 체계를 새롭게 만들 필요를 느꼈으며 또한 "철학자들과 신학자들의 도움으로 시인들과 화가들에 의해 세대에서 세대로 전해진 … 이야기의 다발"로 이루어진 시적 전통에 입각하여 그것을 창조하려고 했다.

이와 같은 뜻에서의 "새로운 종교"의 필요성은 이미 빅토리아조의 매슈 아놀드Matthew Arnold에 의해서도 주장된 바 있다. 아놀드는 자연과학의 발달로 인해 종교와 과학이 "지식의 그림자들과 꿈들과 거짓된 표면"에 불과한 것이라는 사실을 확인하게 된 이후 사람들은 결국 시로 돌아갈 수밖에 없다고 하면서, "최상의 시"the best poetry는 "우리를 형성하고, 유지시켜 주며, 기쁘게 해 주는 힘"을 가지고 있다고 말한다(597). 종교의 고유한 영역이었던 그와 같은 힘을 이제는 "최상의 시"가 지니게 됨으로써 사람에게 필요한 정서적 만족감을 준다는 것이다. 이것은 중세 기독교적 질서가 와해된 시대의 단편화된 현실에 통일성을 부여해 줄 수 있는 시가 "새로운 종교"로서 사회적 통합의 원리로 작용할 수 있다는 것인데, 이 관점은 예이츠의 견해를 예시하는 점이 있다.

여기서 우리가 간과할 수 없는 것은 예이츠가 "새로운 종교"의 수립을 시도한 것은 "잿빛 진리"가 팽배된 시대에 대한 비판의식과 무관하지 않다는 점이다. 다시 말하면 예이츠가 개인적 신화체계를 형성하려고 한 것은 파편화된 현대문명 혹은 구체적으로는 유럽 제국주의에 의해 전통적 삶의 양식이 훼손된 시대에 대한 비판을 수반하는 것이다. 상반된 것으로 보이기도 하는 그의 민족주의적 지향과 신비주의에의 경도도 넓은 뜻에서의 포스트콜로니얼 비판의 결과로 볼 수 있는 것은 전자가 영국에 의한 식민지적 상황에서 조국 아일랜드의 신화, 전설, 민담 등을 통해 아일랜드 문학의 계속성을 회복하려고 했던 것이며 후자는 유럽 제국주의의 근간을 이룬다고 볼 수 있는 넓은 뜻에서의 물질주의에 대한 비판에서 나온 것이기 때문이다.

이와 같은 의의를 지닌 예이츠의 "새로운 종교" 혹은 개인적 신화체계는 『비젼』A Vision으로 형성된다. 예이츠의 문학에 대한 열쇠로 일컬어지는 이 『비젼』은 윌리엄 블레이크William Blake 이후 영문학사에서 가장 난해한 형이상학적 체계로 이루어져 있다. 『비젼』은 클리언스 브룩스Cleanth Brooks의 말대로 "예이츠로 하여금 세계를 보다 더 큰 양식 속에서 예측 가능한 거대한 드라마로 볼 수 있게 해 줌으로써 혼돈의 늪 속에서 허우적거리지 않도록 만드는"(200) 체계라고 할 수 있다. 이 신화적 체계를 우리는 월리스 스티븐스Wallace Stevens적 뜻에서의 "궁극적 허구"supreme fiction로 볼 수도 있다.

『비젼』의 서론 부분에서 예이츠는 자신의 개인적 상징체계로서의 "주기들"은 "체험의 양식적 조정"이며 "그것들의 도움으로 나는 실재reality와 정의justice를 단일한 사상 속에서 파악할 수 있었다"(25)고 쓰고 있다. 이 문맥에서의 "실재"와 "정의"라는 개념들에 대한 프랭크 커모드Frank Kermode의 설명을 참고해 볼 필요가 있다. "예이츠는 종종 본래의 맥락과는 무관하게 인용되곤 하는 유명한 귀절에서 체계가 그로 하여금 실재와 정의를 단일한 사상 속에서 통일시킬 수 있게 해 주었다고 말했다. 이 표현에서 실재라는 것은 질서를 위한 인간적 구성과 인간적 욕망으로 환원할 수 없는 세계에 대해 우리가 가지는 인식이며, 정의라는 것은 그 실재에 우리가 부과하거나 우리가 찾는 인간적 질서를 뜻한다"(105).

"인간적 구성"으로 환원할 수 없는 세계(실재)와 그 세계에 부과한 인간적 질서(정의) 사이의 대립에 대한 논의는 결국 허구가 지니는 가치와 의의는 무엇인가? 라는 중요한 물음으로 인도한다. 허구란 넓은 뜻에서 있는 그대로의 세계 속에서의 사람의 경험을 양식적으로 조정하지 않을 수 없는, 곧 인간적 질서를 구성하려는 욕망의 산물이다. 지금까지 많은 연구가들이 예이츠의 기본적인 경험양식으로 설정한 대립적 양식antithetical pattern, 즉 육체와 영혼, 자연과 예술 등의 이원론적 대립에 대한 치열한 인식과 변증법적 종합에 의한 그 대립의 해소라는 것도 사실은 예이츠가 "인간의 구성"으로 환원되지 않는 세계에 부과한 "인간적 질서"에 지나지 않는 것이라고 말할 수 있을 것이다. (아니면 그 대립적 양식은 "인간의 구성"으로 환원되지 않는 세계에서 예이츠가 예지에 의해 찾아낸 것이라고 보아야 하는가?)

우리는 예이츠의 상징체계의 핵심인 "존재의 통일"Unity of Being을

"예이츠의 견해에 의하면 사람은 사실 속에 없는 것을 허구를 통해 구성하려고 애쓰는 존재이다"(*Identity* xvii-xix)라는 엘만의 지적에 보이는 일종의 허구로 이해해야 한다. 『비젼』의 도해에서 "완전한 객관성"complete objectivity을 나타내는 제1상phase 1과 대칭을 이루는 "완전한 주관성"complete subjectivity을 나타내는 제15상phase 15을 예이츠는 "존재의 통일"에 대한 상징으로 쓰고 있는데, 그것은 의지Will, 가면Mask, 창조적 정신Creative Mind, 운명체Body of Fate라는 4가지의 기능들로 설명된다(*A Vision* 135).

이 난해한 『비젼』의 체계를 여기서 충분히 해석할 수는 없지만 4가지 기능들에 대한 예이츠의 자신의 풀이를 참고하면, 의지는 존재Is, 가면은 당위Ought, 창조적 정신은 사고thought, 그리고 운명체는 사고의 대상object이다. 그렇다면 "존재의 통일"은 사고가 존재 속에 용해되어 있고, 사고의 대상이 당위 속에 용해되어 있는 상태로 풀이된다. "달의 국면들"The Phases of the Moon이라는 작품에 보이는 "모든 사고는 이미지가 되고 영혼은 육체가 된다"All thought becomes an image and the soul/ Becomes a body는 표현은 제15상에 대한 하나의 시적 해설이라고 할 수 있다.

"모든 사고가 이미지가 되고 영혼은 육체가 되는" 상태, 즉 "존재의 통일"은 사람의 구체적인 삶에 있어서는 헬렌 벤들러Helen Vendler의 설명과 같이 "계시와 창조의 순간에 예술가에 의해서, 성적 황홀경과 종교적 황홀경에 잠긴 연인이나 종교인에 의해서, 체험되는 일시적인 상태"(28)로 볼 수 있다. 『비젼』에서 예이츠가 정교하게 묘사하고 있는 정신적 상태들은 "심미적 활동에 수반되는 정신의 상태"로 볼 수 있다고 말하고 예술의 창조과정 혹은 시의 발생과정에 대한 심리학적 분석으로 『비젼』의 대부분의 상징체계를 환원하는 벤들러의 견해는 충분히 참고할만한 가치가 있다(22-23). (특히 『비젼』을 영매술과 얽힌 신비주의적 관점에서만 보려고 하는 태도는 지양되어야 할 것이다.)

예이츠가 『비젼』을 구성하고 있던 시기의 작품들에서 우리가 이 "존재의 통일"의 순간에 대한 시적 형상화를 적지 않게 찾아볼 수 있는 것은 당연한 일이다. "달의 국면들"에서도 보이듯이 그것은 "눈으로 볼 수 있는 세계"로부터 벗어나 버리는 것과 같은 황홀경으로 묘사되거나 1928년에 나온 『탑』The Tower의 표제시에서 보이는 "오, 달과 햇빛이/하나의 혼융된 광휘로 보이리라"O may the moon and sunlight seem/ One inextricable light의 시행처럼 대립물들의 화합된 경지로 표현되기도 한다.

우리가 다시 지적해야 하는 것은 "존재의 통일"을 정점으로 하는 예이츠의 상징적 체계의 수립은 유럽 제국주의 시대와 그 속에서 황폐된 인간정신에 대한 반反자아로 제시됨으로써 궁극적으로는 현대 서양문명에 대한 비판 혹은 반식민지화를 위한 문화적 저항이라는 포스트콜로니얼리즘적 비판의 결과라는 점이다. 물론 예이츠는 『탑』에 실린 "내란기의 명상"Meditations in Time of Civil War에서의 "그리고 나의 방 쪽으로 몸을 돌린다/꿈의 차가운 눈 속에 사로잡힌 채"And turn towards my chamber, caught/ In the cold snows of a dream라는 귀절에서 암시되는 유아론적 경향을 보이기도 한다. 연작시인 "내란기의 명상"의 마지막 제7편에서 우리는 시인의 의식 속에서만 획득되는 "존재의 통일"과 역사적 실상들 혹은 현실 사이의 갈등을 확인한다.

이 작품에서 "탑 꼭대기"the tower-top로 올라가는 화자는 "계곡, 강, 그리고 느릅나무들"(구체적 사물들)이 "하얗게 빛나는 파편들"white glimmering fragments로 되어 안개 속에서 사라져 버리는 것을 보며 "번쩍거리는 칼"a glittering sword처럼 변하지 않는 항구적인 것과 그것을 대비시킨다. 비록 시인은 "분노에 몰리고, 분노로 찢기며, 분노에 굶주린 군대"의 외치는

소리를 듣긴 하지만 그것을 "무감각한 소동"that senseless tumult에 지나지 않는 것으로 보고 있는 것이다. 따라서 이 작품의 마지막 연에서 보이듯이 그는 "몸을 돌려 문을 닫아 버린다"I turn away and shut the door.

뒤돌아서 "문을 닫는 것"은 자신이 처한 역사적 실상에 대한 비판과 거부의 몸짓이다. 탑 속으로 들어가는 계단 위에서 그가 음미하는 "추상적 환희"the abstract joy를 우리는 자신의 의식 속에서만 구현되는 "존재의 통일"의 황홀경으로 풀이해 볼 수 있다. 그렇다면 예이츠는 이와 같은 "추상적 환희" 속으로 잠겨든 채 자신의 개인적 상징체계에 의해 개인과 역사의 제반문제들을 해석하려고 할 뿐이었다는 점에서 그가 극복해야 했던 유아론으로 다시 귀결되고 말았다고 할 수 있을지 모른다. 그러나 예이츠는 이미 많은 연구가들이 지적했듯이 그의 시적 경력의 마지막 국면에서 "노인을 만족시키는 마법적 이미지들의 어설픈 지혜"The half-read wisdom of daemonic images로 만든 허구를 파괴하고 삶으로 복귀하려는 의지를 나타냈다.

구체적인 생활세계 혹은 삶으로의 복귀를 후기시에서 예이츠가 획득한 시정신의 성숙으로 볼 수 있는 까닭은 그것이 "구체적이고 순간적인 것들이 지닌 성스러운 풍요로움"(Miller 127)을 긍정하는 것이 됨으로써 그 "구체적이고 순간적인 것들"과 더불어 살 수 밖에 없는 지상에서의 사람의 삶을 보다 더 의의 있는 것으로 만들어 주는 것이라고 할 수 있기 때문이다. 1936년 무렵에 나온 『마지막 시편들』Last Poems에 실린 "벤 벌벤 아래에서"Under Ben Bulben라는 작품에서 우리는 "세속적 완성"profane perfection이라는 말을 보게 되는데 이 "세속적 완성"의 구현은 "존재의 통일"이라는 황홀경 속에서 역사적 실상들로부터는 유리되어 버리는 심미적 혹은 신비적 초월을 부정한다.

1933년에 나온 『굽이도는 계단과 기타 시들』The Winding Stair and

*Other Poems*에 실린 "자아와 영혼의 대화"A Dialogue of Self and Soul라는 작품에서 "나의 자아"My Self와 "나의 영혼"My Soul 사이의 갈등을 우리는 그와 같은 "세속적 완성"의 추구와 심미적 혹은 신비적 초월의 의지 사이의 대립으로 풀이해 볼 수 있다. "나의 영혼"의 말에서 "굽이도는 옛 계단"the winding ancient stair이 암시하는 탑을 현실로부터의 심미적 혹은 신비적 초월을 암시하는 상징으로 볼 수 있는 반면에 "나의 자아"가 보고 있는 "칼"the consecrated blade이라는 상징은 예이츠 자신이 어느 편지에서 "나는 나의 일본도와 비단덮개를 삶의 상징으로 만듭니다"(Henn, *Lonely Tower* 134)라고 쓰고 있듯이 "세속적 완성"을 암시하는 상징으로 볼 수 있다.

그 "굽이도는 옛 계단"의 "가파른 상승"에 정신을 집중시키라고 말하는 "나의 영혼"은 "천국"으로의 초월을 추구한다. 그러나 "나의 자아"는 그와 같은 "천국"으로의 초월을 거부한다. "살아있는 사람은 눈멀었다"A living man is blind는 것은 "천국"에 대한 외면으로 보아야 할 것이다. "내가 그 모두를 다시 한 번 살아본들 어떠하랴?"What matter if I live it all once more?는 것은 삶으로의 복귀를 나타내는 말이다. 예이츠의 『마지막 시편들』에서 특히 형상화되는 것은 "다시 한 번"이 암시하는 순환의 개념과 연관된 "비극적 환희"tragic joy이다. 힐리스 밀러는 "비극적 환희는 삶의 가치를 부정하는 관점에서 삶을 보며, 죽음과 영겁회귀의 원근법 속에서 그것을 본다. … 그와 같은 환희는 그것의 무상함에 관한 깨달음 속에서 제한된 역할을 수락하며, 의지의 이 강렬성이 시간의 수레바퀴로부터의 해방이라는 일시적인 황홀감을 야기한다"(Miller 121)고 말하는데 "죽음과 영겁회귀의 원근법" 속에서 삶을 보는 일종의 운명애*amor fati*가 "비극적 환희"라고 할 수 있다.

이 "비극적 환희" 역시 "추상적 환희"와 마찬가지로 일시적인 황홀경에 지나지 않는 것일 수 있다. 그러나 "비극적 환희"는 "현상의 부단한 변화에도 불구하고 깊은 바닥의 삶은 파괴되지 않은 채 강력한 것이고 즐거운 것"(Henn, *Harvest* xiii)이라는 인식을 토대로 하는 것이라고 본다면 그것을 예이츠가 도달한 시정신의 높은 경지로 보는 데에는 이의가 있을 수 없다. 그것이 쓰라린 역사적 실상들에 대한 실천적 태도를 취할 절박한 필요성을 느끼지 않도록 조장하는 일종의 형이상학적 위안에 지나지 않는 것일 수도 있겠지만, 예이츠 자신은 "왜 우리는 전쟁터에서 죽은 자들만 존경해야 하는가? 그 자신의 심연 속으로 침잠하는 자도 못지 않은 과감한 용기를 보여준다"(Ellmann, *Man and Masks* 6)라고 말한다.

예이츠 자신이 말했듯이 시를 포함한 예술은 "사람으로 하여금 세계를 만지고, 맛보고, 듣고, 볼 수 있게"(Yeats, *Essays* 292) 만드는 것이지만, 그럼에도 불구하고, 시인 혹은 예술가 자신의 독특한 개인적 비젼은 세계로부터의 유리를 초래하기도 한다. T.R. 헨T.R. Henn은 "시인의 중요성이 당대의 혼란과 좌절을 그려내는 능력에 의해 측정되는 것이라면 예이츠는 비난받을 수 있으나 그의 가치는 … 종합화의 과정 속에서 전통적 가치를 재확인하는 데에 있다"(*Lonely Tower* 346)고 예이츠를 옹호하고 있다. 예이츠는 식민지적 생존양식을 극복해야 하는 민족적 과제와 실천적 의무를 부과하고 있었던 조국 아일랜드의 역사적 상황 속에서 사이드가 말한 것과 같이 "문화적 반식민지화의 국제적인 위업"(『문화와 제국주의』 460)을 우리에게 제공해 주었다.

민족주의와
포스트콜로니얼리즘과

포스트콜로니얼리즘 혹은 코스모폴리타니즘에 관한 논의에서 빈번하게 등장하게 되는 용어들, 즉 종족ethnic group, 인종race, 민족nation, 국민 nation, 종족주의ethnicism, 인종주의racism, 민족주의nationalism 등과 같은 개념들에 대한 정의가 필요하다. 송무가 『영문학에 대한 반성』에서 정리한 내용을 요약하면 다음과 같다(112-14). 유럽의 근대 국가들은 다수의 "종족"을 정치적으로 통합함으로써 이루어졌는데, "종족"은 한 민족국가nation state에 통합되어 있는 소수 집단이다. "nation"이 근대국가의 구성원을 지칭할 때는 "국민"(정치적 "민족")으로 번역되며, 같은 맥락에서 "national literature"도 근대 국가의 이념 형성과 관련된 것이라는 뜻에서 "국민문학"(근대 민족국가들이 민족의 아이덴티티를 확립하기 위해 전통을 재구성하면서 형성된 것)이라고 옮기는 것이 좋겠다. "인종"이란 "인종화"racialisation, 즉 생물학적으로 주어진 것이 아니라 특정의 정치적 목적에 의해 사회적으로 형성된 것이라고 볼 수 있다. "민족"은 이념성을 지닌 것으로서, 반식민 운동을 위한 구성원들의 결속을 강화하지만, 식민화 경험을 지닌 국가의 경우 민족적 통일성을 구축할 때 혈통이나 종교에 의한 배타적 논리에 토대를 둔 억압이 일어나고 "자민족(종족)중심주의"ethnocentricism를 파생시킨다. 식민지배를 벗어난 민족은 "민족주의"를 확립하기 위해 "인종화"라는 구분화 과정을 지속시킬 위험에 빠지게 될 수 있기 때문이다.

송무가 정리한 것에서도 언급되고 있는 것과 같이, "인종화"라는 사회적, 역사적 과정의 산물인 "인종"에 대해 폴 길로이Paul Gilroy는 "인종"이란 주로 비개인적, 담론적 배열, 즉 세계에 대한 인종론적racialogical 조직화의 잔인한 결과물을 지칭하는 것이라고 말한다(*After Empire* 42). "인종"이 개인들 간의 유사성의 증거로 생리적 특성들을 우선시하는 데에 반해 "종족" 혹은 "종족성"ethnicity의 기준은 좀 더 넓은 것으로서 한 집단을 규정하는 특질을 다양한 사회적 관행들과 제의들rituals 속에서 찾는다.

공식적인 식민주의가 끝나지 않았던 동안의 반식민 운동이나 비식민화와 같은 탈식민적 운동은 반식민 민족주의anti-colonial nationalism를 통해 추진되었다. 피식민 상황에서의 반식민 저항 조직에는 "민족"이라는 이념 혹은 이른바 "상상된 공동체"imagined community가 최우선적인 집단형태로서 구성원들의 결속과 동원에 중요한 역할을 하기 때문이다. 베네딕트 앤더슨Benedict Anderson은 "민족"이란 "상상된 공동체이다. … 내재적으로 제한된 것이면서 자주적인 것으로 상상된 것"이라고 쓰고, 아무리 작은 민족일지라도 그 구성원들이 모두 서로 알 수 있는 것도, 만날 수 있는 것도 아니라는 점에서 "상상된" 것이며, 모든 인류를 다 포함하는 "민족" 개념은 있을 수 없다는 점에서 "제한된" 것이고, 계몽주의와 시민혁명에 의해 위계질서적 왕조가 파괴된 시대에 나온 것이라는 점에서 "자주적"인 것이라고 설명하면서, 결국 깊은 수평적, 동지애적 관계를 중시한다는 점에서 "공동체"라고 말한다(5-7). 그런데 영토화된 아이덴티티에 대한 배타적인 민족주의적 태도는 오늘날 문제의 해결이 아니라 또 다른 문제를 만들 수 있다. 즉 탈영토화가 가속화되는 세계에서 특수한 장소에 아이덴티티를 국한시키는 편협한 민족주의는 세계의 민주화와 평화에 역행하는 이데올로기가 될 수도 있기 때문이다.

반식민 민족주의 이념의 특성과 한계에 대한 검토는 포스트콜로니얼리즘 관련 논의에서 핵심적인 의의를 지닌다. 아프리카의 포스트콜로니얼 상황과 관련된 논의에서도 그 점을 파악할 수 있다. 즉 아프리카에서 반식민 민족주의가 진정한 해방으로 인도되지 못하고 실패한 이유는 서양 국가들의 제국주의 이데올로기와 포스트콜로니얼 사회의 내적 모순에 있는 것으로 추정될 수 있다. 아프리카만이 아니라 포스트콜로니얼 국가들은 해방 이후 식민주의적 영향으로부터 완전히 벗어나지 못했고 정치적으로 여전히 이전의 식민종주국들에 의해 예속된 상태인 경우가 많은데, 아프리카의 경우 그렇게 된 이유들 가운데에는 이른바 범아프리카주의 Pan-Africanism를 토대로 하는 통합이라는 이상이 실현되지 못하고, 식민권력들에 의해 부과된 민족국가의 형태, 즉 작은 국가들로 분할된 상황에서 야기된 각 종족들 간의 갈등도 포함될 것이다.[10]

그런데 기니 비사우Guinea-Bissau 출신 혁명가/지식인인 아밀카르 카브랄Amilcar Cabral은 민족의 "해방"을 식민통치로부터의 정치적 "독립"을 넘어서 억압적 외세로부터 완전히 벗어나는 "자유"라고 봄으로써 "독립"과 "해방"을 구분한다. 탈식민화의 목적은 "독립" 만이 아닌 "해방"을 지향하

---

10) 범아프리카주의는 "하나의 아프리카 공동체" 속으로 아프리카인들을 통합시키려는 운동이다. 대체로 1960년대와 1970년대의 시민운동기간에 출현한 아프리카계 미국인 아이덴티티 정치학African American identity politics, 아프리카중심주의Afrocentrism과 관련된 용어로 쓰이기도 한다.

는 것이 되어야 한다는 것이다.[11] 패트릭 차발Patrick Chabal에 의하면, 카브랄은 아프리카의 식민권력들의 가장 큰 실수는 아프리카인들의 문화적 힘을 과소평가한 데에 있다고 보면서 토착문화를 말살하려는 식민통치자들의 억압 때문에 민족해방이 불가피하게 문화적 운동이 되었다고 말했다 (183). 로버트 영Robert Young은 "카브랄에 따르면, 해방은 외국의 지배를 끝장내는 것이자 민중이 정체성과 존엄을 확보할 수 있을 새로운 사회적 조직체를 건설하는 것이었다"(『포스트식민주의』 502-3, 508)고 요약한다. 그렇다면 식민적 억압에 대항했던 민중을 결속시키는 데에 기여했던 반식민 민족주의가 "독립" 이후 오히려 반민주적 조건을 파생시킴으로써 민족의 진정한 "해방"이 이루어지지 않은 상황에서 문화적 저항은 어떻게 나타나고 있는가?

　　해방을 위한 투쟁에서 문화적 차원의 중요성을 강조한 카브랄의 관점은 계급투쟁을 중시한 칼 마르크스Karl Marx의 주장에 대한 비판을 담고 있다. 또한 카브랄이 말하는 문화는 경제적 하부구조 위의 상부구조가 아니라 기층 민중의 문화이다. 토착 엘리트가 아닌 민중은 정치적 저항이 실패해도 문화적 저항을 계속하면서 자신들의 아이덴티티를 보존하므로 그것은 "계급 자살"class suicide을 통해서만 민족해방 운동에서의 역할을 제대로 수행할 수 있게 되는 쁘띠 부르주아지의 문화와 다를 수밖에 없다(영, 『포스트식민주의』 505).[12]

---

11) 카브랄의 연설문들을 모은 책들은 *Return to the Source: Selected Speeches* (New York: Monthly Review P, 1973)와 *Unity and Struggle: Speeches and Writings* (London: Heinemann, 1980)가 있다.

12) "계급 자살"이라는 것은 쁘띠 부르주아지 계층 사람들이 자신들의 목전의 물질적 이해에 따라 행동하는 것을 포기하고 노동자 계층 사람들과 연대하는 것에 대한 카브랄의 표현이다 (Chabal 211).

이와 같은 맥락에서 "분리주의적이고, 심지어 국수주의적이며 권위주의적인 민족주의 사상"의 단기적 전망을 비판하고 "여러 문화와 민족과 사회 집단 사이를 횡단하는, 더욱 거대하고 더욱 관용적인 인간 공동체의 모습을 선택하는 민족주의"를 옹호하는 에드워드 사이드Edward Said의 관점이 설득력이 있다(『문화와 제국주의』 421-23).

식민주의의 불공평성이 제 3세계아시아, 아프리카, 남아메리카와 제 1세계 사이의 불균형 구도 속에 자리 잡고 있는 우리시대의 세계화globalization의 조건은 직접적인 지배가 아니라 탈중심화된 문화적, 경제적, 정치적 침투와 확산을 통한 간접적 지배라는 점에서 "더욱 거대하고 더욱 관용적인 인간 공동체"에 대한 비전을 통해 편협한 국수주의적, 분리주의적, 자민족중심주의적 관점을 극복할 것이 요구된다. 그것은 경제적, 문화적 교환들의 전지구화에 수반된 탈영토화된 시대의 새로운 윤리라고 할 수 있다.

아리프 딜릭Arif Dirlik에 의하면, 포스트콜로니얼리즘 논의의 구체적 대상은 3가지로 정리된다.

> (1) 지난 시대 식민지였던 사회들, 즉 제3세계 진영 국가들과 함께 캐나다와 호주와 같은 정착민 식민지들settler colonies의 사회적, 문화적 조건,
> (2) 식민주의 시대 이후의 전지구적 조건,
> (3) 앞의 조건들에 의한 인식론적, 정신적 정향에 의해 형성된 담론 등이다. (4)

또한 딜릭은 포스트콜로니얼리즘 비평의 양상들을 4가지로 정리한다.

(1) 메타서사들meta-narratives의 폐기, 즉 계몽주의 시대 이후의 가장 강력한 메타서사인 유럽중심주의Eurocentrism에 대한 거부,

(2) 부르주아 근대화Bourgeois modernization에 대한 부정,

(3) 유럽이 타자화한 동양에 대한 관점인 오리엔탈리즘Orientalism에 대한 비판,

(4) 근본주의적 역사기술foundational historiography에 대한 비판, 즉 현대세계에 대한 자본주의적 동질화에 대한 거부 등이다. (56)

그런데 이 4가지 양상들은 포스트모더니즘 혹은 포스트구조주의 논의에서도 발견되지만, 포스트콜로니얼리즘 혹은 포스트콜로니얼 연구post-colonial studies라고 지칭할 수 있는 학문분야는 무엇보다도 우선 식민종주국과 식민지가 식민통치 기간만이 아니라 그 이후에도 받게 된 식민주의의 문화적 영향과 그것의 결과들에 대해 주목한다. 또한 그것은 식민주의 시대만이 아니라 그 이후에 생산된 문학과 예술에서 식민주의적 원근법에 대한 비판과 저항이 탈식민적 민족주의를 통해 어떻게 나타나고 있는가도 조사한다.

비슷한 맥락에서 더글러스 로빈슨Douglas Robinson은 포스트콜로니얼 연구의 영역들을 3가지로 정리한다.

(1) 독립이후 유럽의 전식민지 연구, 즉 식민지 경험을 겪었던 사람들이 식민주의에 어떻게 반응하고 극복하는가를 다루는데, 이 경우 포스트콜로니얼리즘은 식민주의 종식 이후의 문화를 말한다.

(2) 식민화 이후의 유럽의 전식민지 연구, 즉 식민주의가 시작된 이후 식민주의 문화에 어떻게 반응하는가를 다루는데, 이 경우 포스트콜로니얼리즘은 식민주의가 시작된 이후의 문화를 말한다.

(3) 모든 문화**국가**, **민족**와 다른 문화**국가**, **민족** 간의 권력관계 연구, 즉 정복자 문화와 피정복자 문화 사이의 관계를 다룬다. 이 경우 포스트콜로니얼리즘은 정치적, 문화적 권력관계에 대한 20세기 후반의 관점을 뜻한다. (『번역과 제국』 26-27)

이 3가지는 각각 독립 후 연구post-independence studies, 유럽의 식민화 이후 연구post-European colonization studies, 권력관계 연구power-relations studies로 정리될 수 있다. 이 중에서 특히 3번째의 경우는 억압되거나 이상화되고 보편화되어 온 권력관계를 전경화 하는 데에 관심을 가진다. 종합적으로 정리하면 포스트콜로니얼 이론은 4가지 영역들을 다룬다 (Longhurst 143).

(1) 제국 문화들
(2) 제국주의에 저항하는 문화들
(3) 탈식민화된 국가들의 문화들
(4) 제1세계 메트로폴리탄 문화들과 주변화된 제3세계 문화들 사이의 관계

이 용어의 이중성은 포스트콜로니얼postcolonial과 포스트-콜로니얼post-colonial과 같이 하이픈이 있는 것과 없는 것을 통해 구별하기도 한다. 즉 "포스트콜로니얼"은 식민주의에 의해 식민종주국과 식민지가, 식민통치 기간만이 아니라 그 이후에도 받게 된 문화적, 정치적, 경제적 영향과 그 결과들을 지칭하는 것으로 쓰인다. 이와 관련된 "포스트콜로니얼 연구"는 식민지 시대의 문학과 역사만이 아니라 독립 성취 이후에 생산된 문학과 예술도 연구대상으로 삼는다. 한편 하이픈이 있는 "포스트-콜로니얼"은 한

국가가 공식적으로 독립되어 식민지로서 통치받지 않게 된 이후의 역사적 시기를 지칭하는 것으로 쓰이는 경향이 있다. 물론 이 구별이 항상 명확하게 지켜지는 것은 아니다(Innes 239).

그러나 엘르키 뵈머Elleke Boehmer가 자신의 책의 서론에서 쓰고 있듯이, 하이픈이 있는 "포스트-콜로니얼"은 이차 세계대전 이후의 시기를 주로 지칭하는 시대구분 용어로 쓰이는 경우가 많은데(3), 굳이 우리말로 옮기면 그것이 "후기식민" 혹은 "식민주의 이후"와 같이 될 것이다. 따라서 "포스트콜로니얼 문학"은 시기적으로 이른바 제국주의 시대 이후에 나온 문학을 뜻하는 것이 아니라, 정신적으로 식민주의적 원근법에 대한 비판과 저항을 담고 있는 문학을 뜻한다. 그리고 포스트콜로니얼리티postcoloniality는 "식민화된 사람들이 점점 더 세계화된 세계에서, 강제적이건 다른 방식으로건, 역사적 행위주체로서의 자신들의 입지를 확립하기 위해 추구하는 상태/조건"(Boehmer 3)으로 정의된다.

공식적으로 식민종주국의 지배체제로부터 독립되었다는 뜻에서 한 국가를 "탈-식민적"post-colonial 국가라고 부를 수 있지만, 동시에 문화적, 경제적, 정치적으로 여전히 지배를 받는다면 "신식민적"neocolonial 국가라고 할 수 있기 때문에 "반식민적"anti-colonial 운동이나 "비식민화"decolonization와 같은 "탈식민적"postcolonial 운동이 요구된다. 그러한 운동의 이념을 포스트콜로니얼리즘postcolonialism이라고 할 수 있다. 그것은 "식민주의"에 의해 야기되는 억압과 불공평에 대한 비판의식을 토대로 하는 담론과 실천이다. 따라서 "탈식민주의" 혹은 포스트콜로니얼리즘은 공식적인 "식민주의"가 시작되었을 때부터 생성된 것이라고 볼 수 있으며, 공식적인 "식민주의"가 끝난 오늘날에도 "탈-식민적" 국가들의 민족들만이 아니라 식민종주국이었던 국가들의 민족들에게도 여전히 적용된다. 그런데 공식적인 "식민주의"가 끝나지 않았던 동안의 "반식민적" 운동이나 "비식민화"와 같은 "탈식민적" 운동 혹은 "탈식민주의"는 "반식민적 민족주의"anti-colonial nationalism를 통해 추진되었다.

피식민 상황에서의 반식민투쟁 조직에는 "민족"이라는 이념 혹은 민족이라는 "가상의 공동체"가 최우선적 집단형태로서 구성원들의 결속과 동원에 중요한 역할을 한다. 그런데 식민주의의 불공평성이 제3세계아시아, 아프리카, 남아메리카와 제1세계 사이의 불균형 구도 속에 자리잡고 있는 우리시대의 "세계화"의 조건은 직접적인 지배가 아니라 탈중심화된 문화적, 경제적, 정치적 침투와 확산을 통한 간접적 지배를 특성으로 한다는 분석이 있다. 그것은 근대 이전과 근대 시기의 제국들empires과 다른 탈근대 시대의 "제국"Empire, 즉 경제적, 문화적 교환들의 전지구화에 수반된 탈영토화된 지배의 새로운 논리와 구조이다. 이 "제국"의 세계적, 초국가주의transnationalism적 불의의 극복은 보편적 인간성universal humanity 혹은 보편주의universalism의 형태를 회복하는 코스모폴리타니즘을 통해 시도해 볼 수 있지 않을까?

영토화된 아이덴티티에 대한 민족주의적 주장은 참혹한 갈등을 야기하기도 한다. 탈영토화가 가속화되는 세계에서 특수한 장소에 아이덴티티를 국한시키는 민족주의는 역행하는 이데올로기로 작용할 수 있기 때문이다. 이런 맥락에서 우리에게 제기되는 질문들 중에는 다음과 같은 것들이 있다. 자본의 흐름과 이산, 난민들, 이주자들, 망명자들 등에 의한 "코스모폴리티컬 공동체 정신"이 유럽과 위대한 전통의 지방화, 미시서사의 확장 등으로 이어지는데, 코스모폴리타니즘을 자신의 특수한 사회를 넘어서는 사유, 행동, 감정의 방식 혹은 "뿌리 없음"을 새로운 삶의 양식으로 예찬하는 노마디즘nomadism이라고 본다면, 새로운 포스트콜로니얼 삶은 결국 탈민족주의와 함께 코스모폴리타니즘을 지향하게 되는 것인가? 코스모폴리타니즘과 문화적 아이덴티티의 유지는 상충하는 것인가? 현대 문학과 예술에서는 탈민족주의적 지향이 어떻게 표현되고 있는가? 또한 포스트콜로니얼 삶의 양식은 타인에 대한 비합리적 억압과 지배에 대한 우리의 비판을 구체적으로 어떻게 가능하게 하는가?

존 맥클레오드John McLeod는 세계화와 관련된 포스트콜로니얼리즘 연구의 방향을 첫째, 민족국가의 자주권이 약화되고, 한 때 식민화되었던 사람들의 자유가 새로운 제국적 질서에 의해 제거되었다는 주장에 대한 비판. 둘째, 새롭게 세계화된 세계에서는 윤리적 사유와 행동의 새로운 방식이 요구된다고 보고 착취를 지원하지 않으면서 전지구적 공동체의 일부로 살아가는 방식을 코스모폴리타니즘적 세계관에서 찾는 것. 셋째, 포스트콜로니얼 노력과 많은 포스트콜로니얼 작가들이 성공을 거두게 되는 세계화된 시장 사이의 관계에 대한 관심 등 3가지로 정리한다(309-11).

애국주의 혹은 민족주의를 현실적 전략으로 옹호하는 사람들은, 유럽에서 계몽주의 시대에 나온 철학적인 코스모폴리타니즘을 실현불가능한 아름다운 이상일 뿐이라고 비판한다. 그러나 울리히 벡Ulrich Beck이 말하듯이, 우리시대는 인간조건 그 자체가 "코스모폴리탄적인" 것이 되었다. 즉 "정치, 경제관계, 법, 문화, 그리고 커뮤니케이션과 양방향 네트워크" 등의 분야에서 진행된 세계화 혹은 전지구화에 의해 "코스모폴리탄 전망"the cosmopolitan outlook이 "민족적 전망"the national outlook을 대체하고 있는 시대가 된 것이다(1-2). 이 점에서 세계화에 대한 저항운동 그 자체도 세계화되는 우리시대의 상황을 코스모폴리타니즘과 관련하여 고찰해 볼 가치가 있다.

포스트모더니즘
포스트콜로니얼리즘과

포스트콜로니얼리즘은 우리나라에서는 1990년대 초부터 영미문학비평과 문화이론 분야 연구가들에 의해 주로 소개되었는데, 영어권의 학계에서 "포스트콜로니얼리즘"이 하나의 비평용어로 확립된 것은 1989년에 빌 애쉬크로프트Bill Ashcroft, 가레스 그리피스Gareth Griffiths, 헬렌 티핀Helen Tiffin이 공저한 『다시 쓰는 제국: 포스트콜로니얼 문학들의 이론과 실제』 The Empire Writes Back: Theory and Practice in Post-Colonial Literatures가 출판된 이후부터이다. 그런데 존 맥클레오드John McLeod는 포스트콜로니얼리즘 연구에 미친 광범위한 영향력에도 불구하고 이 책이 비판받게 되는 이유들을 3가지로 정리한다(31-32).

첫째, 젠더 차이Gender differences인데, 이 책은 포스트콜로니얼 텍스트들을 다룰 때 작가들의 젠더 차이를 무시한다는 것이다. 작가의 아이덴티티의 중요한 사회적 요소들 중의 하나인 젠더에

대한 무시는 계층에 대한 무시와 더불어 포스트콜로니얼리즘
논의의 객관성 유지를 방해한다는 것이다.

둘째, 지역적/민족적 차이Regional/national differences인데, 식민주의가
다양한 지역들에서 동일한 방식으로 발생했던 것인가에 대한
중요한 물음을 무시한다는 것이다.

셋째, "다시 쓰기"writing back가 참으로 그렇게 널리 퍼진 것인가? 한
때 식민화 되었던 지역들에서 나오는 모든 글쓰기가 식민담론
들에 대해 저항하는 것이라는 저자들의 전제가 반드시 옳은 것
은 아니라는 것이다.

이 책의 제목에 있는 "다시 쓰기"(혹은 "되받아 쓰기")라는 것은 중심
이 된 제국의 "문명"과 대조적으로 주변화 된 식민지의 "야만"이라는 관념
을 조장하는 표현들을 찾아내고 그것들을 고쳐서 바로 잡는 탈식민화의
전략이라고 할 수 있다. "다시 쓰기"란 기존의 작품들 속에서 의식적, 무의
식적으로 망각되었거나, 은폐되었고, 탐구되지 않았던 것들을 다시 노출시
키는 작업이라고 할 수 있다. 이것은 유럽중심주의적 문화적 헤게모니를
해체하려는 전략이다.[13]

문명과 야만이라는 이분법은 이미 유럽인들이 아메리카 원주민들에
대한 지배를 정당화하기 위해 이용한 이념이었으며, 그와 같은 억압적 이
분법(예를 들면 문화와 자연, 남성과 여성, 백인과 유색인 등과 같은 배타
적 논리)에 대한 비판은 포스트콜로니얼리즘만이 아니라 포스트모더니티/
포스트모더니즘에서도 강조되었다. 저자들이 "유럽의 역사적, 허구적 기록

---

13) 이 용어를 유행시킨 것은 샐먼 루시디Salman Rushidie인데 그가 1980년대 초에 영화 『스타
워즈』Star Wars의 제목 『제국이 되받아 친다』The Empire Strikes Back을 보고 난 후 영국의
인종차별주의에 대한 신문기사를 쓰면서 제목을 "제국이 복수로 되받아 쓴다"The Empire
Writes Back with a Vengeance라고 붙이게 되었다고 한다(Thieme 3).

의 다시 읽기와 다시 쓰기"가 탈식민화의 과정에서 불가피한 것이라고 말한 것을 유념할 필요가 있다. 포스트콜로니얼 반응이라고 할 수 있는 문학작품들 속에 식민종주국과 식민지 간의 관계가 어떻게 형상화되는가? 탈식민화 과정에서 문학이 식민종주국의 식민주의 이데올로기에 대해 어떻게 대항하는가? 제국이 식민화하는 대상들에 반해 우월한 주체로 자체를 규정하는 과정 혹은 가야트리 스피박Gayatri Spivak이 "적을 만드는 과정"이라고 정의한 "타자화"othering에 의해 파생된 억압적 이분법(Hitchcock 197), 즉 식민종주국의 우월성과 식민지의 열등성이라는 이분법이 독립 이후의 식민지 문학에서 어떻게 나타나는가?

서양중심주의적 계몽주의에 대한 비판이라는 점에서 포스트콜로니얼리즘도 포스트모더니티/포스트모더니즘에 의해 촉진된 것으로 볼 수 있다. 포스트모더니티/포스트모더니즘은 모더니티 프로젝트의 전개과정에서 식민화되었던 나라들 혹은 민족들에 대해 새롭게 관심을 기울인다. 기존의 서구적 전통과 가치에 대한 비판, 주변화 되었던 것들에 대한 관심, 그리고 차이에 대한 인정을 강조한다는 점에서 포스트모더니티/포스트모더니즘과 포스트콜로니얼리즘은 일치한다. 따라서 포스트콜로니얼리즘은 포스트모더니티/포스트모더니즘에 의해 배태된 것이라고 보는 관점도 있을 수 있다. 예를 들면 포스트모더니스트인 자크 데리다Jacques Derrida의 해체deconstruction 방법이 포스트콜로니얼리즘 이론가인 스피박의 포스트콜로니얼리즘 담론의 형성에 영향을 준 점도 지적된다.

그런데 식민화 혹은 주변화 되었던 것들은 억압적 구도를 전복시킬 수 있는 잠재력을 지니기 때문에 포스트모더니티/포스트모더니즘의 자유주의적 다원주의는 그와 같은 잠재력을 약화시키기 위해 중심과 주변이라는 이분법 그 자체를 폐기한다. 이 점에서 중심과 주변의 차이에 대해 오히려 주목하고, 특히 비합리적 억압과 지배에 의한 정치적, 경제적 불공평이라는 차이에 대해 문제를 제기하는 포스트콜로니얼리즘은 포스트모던 이론과 다르다고 할 수밖에 없다.

물론 포스트모더니스트 담론이나 포스트콜로니얼 담론은 단지 특수한 지리적 장소들과 특정 계층의 사람들에게만 효력이 있다는 것, 따라서 그 담론들의 정치적 함의와 실제적 효력에 대해 반성적으로 검토해야 한다는 지적은 옳다. 예를 들면 하이브리디티hybridity, 유동성, 차이 등을 강조하는 포스트콜로니얼 이론과 메타-내러티브meta-narrative에 대한 공격 혹은 계몽주의 프로젝트에 대한 포스트모던 도전도 유럽과 북미의 엘리트들의 지적 범주를 벗어나면 해방적 가능성을 상실하게 된다는 비판이 있다. 권위주의적 정권의 피해에서 벗어나지 못한 집단의 구성원들의 경우는 메타-내러티브가 강력하고 필요한 저항의 형식이 될 수 있다. 특히 유동성의 경우, 강제적 이주가 강요되는 사람들에게는 유동성이라는 방식 그 자체가 고통의 원인이 된다는 것도 주목할 수 있다.

또한 포스트모더니즘과 포스트콜로니얼리즘의 관련에 대해 검토할 때 우리는 다음과 같은 스피박의 지적에 대해 주목하게 된다.

> 식민주의는 근대화/모더니즘이었고, 포스트식민주의는 포스트모더니즘에 대한 저항이거나 '진정한' 포스트모더니즘이다. 이제는 오로지 포스트모던 포스트식민주의자만이 혼종을 자처하는 승리도취자가 된다. … 차이를 주장하는 학계는 급진적 입장의 모조된 특수성을 지지하면서 신식민주의에 봉사하는 포스트식민 주체의 은근한 협조를 종종 은폐한다. (오늘날 이것은 혼종주의자적 탈민족적 이야기로 치환되면서 전 지구화를 미국화로 찬양한다) (『포스트식민이성 비판』 497)

포스트콜로니얼리즘과 포스트모더니즘은 유럽중심주의적 보편주의
the Eurocentric universalism, 즉 유럽적 혹은 서양적인 것들의 우월성에 대한
긍정 그 자체를 비판한다는 점에서는 일치한다.

  피터 배리Peter Barry는 포스트콜로니얼 비평의 특징들을 4가지로 요
약하는데, 그것들은 대체로 포스트모더니즘 혹은 포스트구조주의적 관점
들과 같다(187-89).

> 첫째, 비유럽적인 것들을 이국적 혹은 비도덕적 타자로 재현하는 것
> 에 대한 비판적 인식.
> 둘째, 오염된 식민주의자들의 언어를 활용하는 것은 식민적 구조를
> 용납하게 되는 것으로 귀착한다는 인식.
> 셋째, 이중적이고 혼성적이며 불안정한 아이덴티티에 대한 치중.
> 넷째, 통문화적cross-cultural 상호작용에 대한 강조.

  특히 포스트콜로니얼 문학에서의 통문화적 상호작용에 대해 배리는
그것이 "채택"adopt, "적용"adapt, 그리고 "숙련"adept의 단계를 거치게 된다
고 설명한다(189). 예를 들면 치누아 아체베Chinua Achebe와 같은 아프리카
출신 작가의 경우 "채택"의 단계에서는 서양에서 형성된 문학 양식 그 자
체가 보편적 정당성을 지니고 있는 것으로 보고 그 양식의 전통 속에서 걸
작을 쓰고자 하는 야심을 지니게 되며, "적용"의 단계에서는 그런 서양의
문학 양식을 아프리카적 주제에 적용함으로써 부분적으로나마 그 장르에
개입을 하게 되고, 마지막 "숙련"의 단계에서는 아프리카 작가가 그 자신의
특수성을 확립하여 문화적 독립을 선언하게 된다는 것이다.

노마디즘

포스트콜로니얼리즘과

계몽주의 프로젝트 또는 모더니티는 자연(또는 당연시 된 사회 질서)에 대한 근본적인 반성을 기본으로 한다.[14] 모더니티의 발전 과정에서 억압적인 이분법, 즉 문명/야만, 남성/여성, 백인/유색인, 그리고 서양/동양 등의 합법화가 수반되었고, 과학, 산업, 기술의 발전은 환경의 파괴, 독재주의 정치, 비-서구국가에 대한 제국주의의 식민지화 등을 야기하였다. 모더니티에 관한 포스트모던 비판 혹은 포스트구조주의에 따르면 계몽주의 프로젝트는 무의식, 신체, 그리고 욕망을 제한하고 식민지화하는 규율적 담론과 억압적 제도를 생산했다.

『반외디푸스』Anti-Oedipus에서의 질 들뢰즈Gilles Deleuze와 펠릭스 가타리Félix Guattari의 분석에 따르면 자본주의는 동시에 흐름을 영토화하고,

---

14) "모더니티"라는 용어는 르네상스 이후의 역사 현상 또는 서양의 시대정신을 나타내기 위해 사용된다. 더글라스 켈너Douglas Kellner와 스티븐 베스트Steven Best는 "마르크스와 베버 등에 의해 이론화된 것처럼 근대성은 역사를 분류하는 용어이고, 이것은 '중세 시대' 또는 봉건주의의 뒤를 따르는 시대를 지칭한다"(2)고 진술한다.

질 들뢰즈 Gilles Deleuze　　펠릭스 가타리 Félix Guattari

탈영토화하는데, 다른 말로 하면, 탈코드화하면서 재코드화 한다(240). 그들은 혁명적인 경로는 세계 시장으로부터의 철수가 아니라, 더욱 앞으로 탈코드화 하는 것이라고 한다. 사실상 그들의 자본주의에 대한 견해 또는 비판은 마르크스주의적 관점과는 다르다. 왜냐하면 그들은 계급투쟁 사상을 거부하기 때문이다. 그들은 "자명한 자본가의 견해에서는 오직 하나의 계급, 보편주의자적 직업, 즉 부르주아만이 존재한다"고 말한다(253).

　우리는 시장 자본주의, 독점 자본주의, 다국적(또는 후기) 자본주의라는, 자본주의의 역사적 단계를 구별할 수 있다. 각 단계의 특징을 단순하게 요약하면 다음과 같다. 시장 자본주의와 독점 자본주의처럼 초기 단계의 자본주의는 탈영토화와 재영토화를 촉진시켰다. 시장 자본주의의 발전은 자유방임주의를 실행하기 위하여 경쟁적인 경제 주체로서의 통합된 주체를 필요로 했다. 그리고 독점 자본주의는 모든 사회 구성원을 전체로 통합하기 위하여 중심화한 조직에 근거를 두었다. 그러나 자본주의의 후기 단계 또는 지금 우리 시대인 다국적(혹은 초국적) 자본주의에서는 욕망의 해방 또는 탈영토화가 생산 양식의 재생산을 위해 요구된다.

그런데 탈영토화의 과정은 자본주의 질서 그 자체에 대한 근본적인 위협일 수 있는 정신분열증적 탈중심화 상태를 촉진시킨다. 왜냐하면 정신분열증은 사회적 권위에 종속되는 모더니스트 주체 또는 통합된 주체를 불가능하게 만들기 때문이다. 이런 의미에서 정신분열증은 전복적인 힘을 가진다고 할 수 있다. 사실 "자본주의의 가속화된 흐름의 탈영토화" 과정 속에서 "욕망의 혁명적인 경향"은 자본주의 그 자체의 안정성에 대해 근본적인 위협이 된다. 로널드 보그Ronald Bogue는 "자본주의의 가속화된 흐름의 탈영토화는 이질적인 요소들을 분자적이고, 비체계적인 연합으로 형성하기 위해 정신분열증적이고 혁명적인 경향을 나타낸다"(103)고 설명한다. "자본주의의 가속화된 흐름의 탈영토화"는 개인들이 다국적, 초국적 기업의 효과적인 작용을 위해 심리적 속박으로부터, 그리고 사회적(국가적) 경계로부터 자유롭게 되어야 하는 우리시대의 조건이라고 할 수 있다.

그러나 보그가 말하는 것과 같이, 비록 자본주의가 욕망을 탈영토화할지라도 그것은 결국 정신분열증적 흐름을 재영토화한다(88).15) 따라서 모든 단계에서 자본주의는 차이를 용납할 수 없는 "편집증적 과정"paranoiac process과 무의식의 자유로운 흐름을 해방시키는 "정신분열증적 과정" schizophrenic process의 모순적인 경향을 동시에 촉진한다. 보그는 계속 "편집증적 충동을 극복하기 위한 유일한 방법은 체제가 붕괴되는 지점에 이

---

15) 베스트와 켈너의 설명에 따르면, 정신분열증 과정은 "탈중심화하는 과정이고, 파시즘, 편집증, 또는 억압된 개인이 혁명적으로 되기 위해서 이런 과정을 경험하는 것이 필요하다. 그러나 그 과정을 넘어 정신분열증 환자가 되면서, 자아를 파괴하는 것에는 제한들이 있다. 완전한 '파괴'breakdown 없는 '돌파구'breakthrough가 있음에 틀림없다. … 그러므로 진동하는 분열-주체는 기능적인 질병인 정신분열증 환자와 구별된다"(92)고 설명한다.

르기까지 자본주의의 정신분열증적 경향을 강화시키는 것이다. 그리고 이 것은 집단-주체collective subject의 창조를 통해 성취되는데, 집단-주체는 상품교환의 속박에 더 이상 종속되지 않는 탈영토화 흐름들 사이에서 횡단하는 연결접속을 형성한다"(103)고 말한다.

집단-주체는 어떤 의미로는 "욕망이 구속되어 재영토화된 형식" (Bogue 106), 즉 권력에 의해 구성되고 규격화된 주체와는 다른 노마딕 주체nomadic subject와 유사하다. 보그의 설명에 따르면 노마딕 주체는 기관 없는 신체body without organs의 격자를 가로지르는 순수 강밀도pure intensity 의 지점이다. 그리고 노마딕 주체는 욕망하는 기계desiring machine로부터 다른 욕망하는 기계로 이주하기 때문에 혼성적인 아이덴티티를 생성하는 유동성의 장소이다(95).

집단-주체 또는 노마딕 주체에 대한 들뢰즈와 가타리의 개념에 내포된 기본적인 정치적 함의는 욕망의 미시정치학micropolitics 또는 "미시정치적 간섭"이다. 미시정치학은 가족, 학교, 사무실, 그리고 다른 국부적인 기관과 같이 일상생활의 실제 속에 새겨져 있는 미시적 파시즘의 다양한 형태를 해체하는 시도로 규정될 수 있다. 이 점에서 들뢰즈와 가타리의 개념들은 포스트콜로니얼리즘 비평에서 활용할 수 있는 유용한 수단이다. 그들의 노마디즘 혹은 노마돌로지는 미시정치적 포스트콜로니얼리즘의 발전에 기여할 수 있다. 보그는 계속하여 주장한다.

완전히 통일되고, 위계질서적인 제도에 함몰된 사람들과 이 제도를 변화시키기를 바라는 사람들에게 『반외디푸스』는 제도의 지역적 변형에 영향을 주는 미시정치적 간섭으로 향하는 방법을 지시할 수 있는 도구이다. 그들이 소속된 급진적인 집단이 그 집단이 싸우는 대상인 제도의 지배구조를 영속시키는 것을 우려하는 사람들에게, 이 책은 미시적 파시즘을 분해하는 데 그리고 집단 상호작용의 몇몇 다른 양식을 시작하려는 데 도움을 줄 수 있는 도구이다. (104)

만약 집단-주체의 형성을 압제하는 억압의 기계가 국가 혹은 식민주의 이데올로기라면, 집단 또는 제도의 다양한 단계들 사이에서 횡단하는 관계에 기초한 미시정치학은 우리가 억압에 저항하기 위해 시도해 볼 수 있는 것이라는 점에서 들뢰즈와 가타리의 미시정치학은 포스트콜로니얼 담론이 될 수 있다.

그러나 탈영토화의 형식으로서의 미시정치학은 일종의 아나키즘an-archism을 촉진시키는 경향도 있다. 미시정치학은 국가와 같은 억압적인 사회 질서를 개혁하기 위한, 그리고 생산 그 자체의 자본주의적 양식 속에 내재된 부정적인 요소를 비판하기 위한 거시정치학macropolitics적 노력을 쉽게 포기하거나 그런 노력의 중요성에 대한 인식을 약화시킬 수도 있다. 따라서 필수적인 것은 미시정치학과 거시정치학적 간섭의 조화이다. 이것 없이는 탈영토화의 정치학에 근거한 욕망의 미시정치학은 우리를 유아론solipsism으로 인도할 수 있다.

들뢰즈와 가타리는 개인과 집단을 구성하는 권력과 욕망의 선들에 관해 설명한다. 간단히 말하자면 3가지의 선들이 있다. 즉 제도들의 공식적인 조직화를 특징짓는 고정된 분절성의 분할선the segmented lines, 욕망의 과정이 작동하는 분절성의 분자선the molecular lines, 그리고 모든 분절성 또는 절대적 탈영토화의 붕괴를 의미하는 분절 없는 탈주선the lines of flight 인데, 이 3가지 선들은 각각 그 자체의 부정적인 요소 또는 위험을 가지고 있다. 들뢰즈와 가타리는 다음과 같이 말한다.

우리는 3가지 선으로 만들어진다. 그러나 각각의 선은 위험을 가지고 있다. 우리를 쪼개고, 동질적인 공간의 층들을 우리에게 강요하는 분할된 선들뿐만 아니라, 또한 이미 미시적 블랙홀을 왕래하는 분자적 선들이 있고, 마지막으로 탈주선들 자체인데, 이것은 언제나 창조적인 잠재적 능력을 포기하고, 죽음의 선으로 전환하여, 순수하고 단순한 파괴의 선으로 변환되려고 한다. (*Thousand Plateaus* 506)

특히 탈주선은 미시정치학적 이해와 거시정치학적 이해의 변증법 없이는 심리적 수준에서는 과도한 심미주의로 그리고 사회적 수준에서는 아나키즘으로 인도하게 된다. 보그가 적절히 주장하는 것처럼 들뢰즈와 가타리의 궁극적인 노력은 "과정, 움직임, 그리고 창안의 예측할 수 없는 간격 사이의 공간"에 근거한 "창조성의 정치학"을 발전시키는 것이다(105).

이런 의미에서 들뢰즈와 가타리는 정신분석psychoanalysis의 대안으로서 분열분석schizoanalysis을 제안한다. 그들의 분열분석은 설정된 사회 규범에 순응하는 주체를 재생산하기 위하여 욕망의 성공적인 경영에 근거를 둔 정신분석에 대립하여 욕망의 생산과 분배의 과정을 분석한다. 그들에 따르면 분열분석의 목표는 "경제와 정치의 영역에서 리비도적 투여의 특정한 성격을 분석하는 것이다. 그리고 그것에 의해 욕망하는 주체에서 욕망이 그 자체의 억압을 욕망하기 위해 어떻게 만들어 질 수 있는가를 보여주려는 것이다"(*Anti-Oedipus* 105).

요약하자면 『반외디푸스』에서 들뢰즈와 가타리는 외디푸스 콤플렉스에 근거한 프로이트적 정신분석학을 비판한다. 외디푸스 콤플렉스론에 의해 무의식에서의 모든 것은 신경증에 걸리게 되고, 가족 삼각형 속에서 외디푸스화 된다. 달리 말하면, 프로이트적 정신분석학에 의해 인간은 모든 생산적인 무의식의 방대한 힘과 직접적으로 생산적인 욕망을 억압하는 외디푸스화의 과정에 의해, 가족 삼각형 속에서, 억압적으로 위치하게 된다.

그들의 분열분석은 프로이트의 정신분석에 대한 비판일 뿐만 아니라, 정치적 함의를 가지는 사회적 비판이다. 『반외디푸스』의 정신은 관료주의와 미시적 파시즘에 의해 욕망의 창조적인 힘이 체제적으로 억압되는 모든 사회적 형식을 비판한다. 유진 W. 홀랜드Eugene W. Holland는 들뢰즈와 가타리의 분열분석을 적절하게 다음과 같이 설명한다.

> [그것은] 결국 정신분석의 교의를 비판적으로 재규정할 뿐만 아니라, 포스트모던의 혁명적인 전략을 위한 새로운 방향을 제안하게 된다. 사회화된 생산에 참여한 모든 사람들이 사적인 전유와 외디푸스적 전제주의가 무한한 생산적, 리비도적 힘들에 부과한 제한들에 대항하여 투쟁할 것을 종용하는 것이다. 삼라만상의 이용과 기쁨을 위해 부를 재분배하고, 권력을 분산시키는 궁극적 목표를 가지면서. (305)

"무한한 생산적, 리비도적 힘"의 해방에 기초한 욕망의 포스트모던 양식 혹은 노마디즘은 부당한 식민주의적 권력과 부를 탈중심화하고 "영속적인 혁명"에 활동적으로 참여하기 위해 우리에게 요구되는 포스트콜로니얼리즘적 인식과 실천이라고 말할 수 있다.

디아스포라
코스모폴리타니즘과

코스모폴리타니즘cosmopolitanism은 다른 문화들에 대한 거부가 아니라 다른 문화들 사이의 경계들에 대한 거부라고 할 수 있으며, 그것은 다른 문화적 전통들에 대한 포용을 통해 가능할 것이다. (이 장에서는 코스모폴리타니즘과 관련된 다양한 이론가들의 논의들을 열거할 것이다.)

"코스모폴리타니즘"이라는 개념은 기원전 4세기에 그리스 철학자 디오게네스Diogenes가 처음 사용한 것으로서 그는 자신을 특정의 국가나 지방에 속하지 않은 "세계의 시민"*kosmopolitês*이라고 불렀다. 이 용어는 이마누엘 칸트Immanuel Kant에 의해서도 이용되었는데, 모든 인간들을 위한 도덕적 책임의식과 "민족들의 연맹"League of Nations을 옹호하기 위한 개념이었다. 데이빗 헬드David Held의 설명을 따르면 코스모폴리타니즘과 관련된 논의는 3가지로 정리된다(39-46). 그것을 요약하면 다음과 같다.

첫째, 자신들을 코스모폴리탄들이라고 불렀던 스토아 학파the Stoics 의 고전적 코스모폴리타니즘은 고대의 정치적 사유에서 폴리 스the polis가 차지하고 있었던 중심적인 역할을 인류가 조화롭 게 살 수 있는 코스모스the cosmos의 역할로 대체하고자 했다. 스토아 학파에 속한 사람들에 의하면, 인간은 태어나면서 부여 받게 된 지역적 삶의 공동체와 인간의 이상과 열망으로 이루어 지는 보다 더 큰 공동체에서 동시에 구성원으로 살아가게 되는 데, 지역적 관심이나 가족과의 유대를 포기하지 않고서도 인류 전체에 대한 의무를 인식하는 일의 중요성을 이해해야 한다는 것이다. 개인은 인류라는 보다 더 큰 세계에 속하기 때문에 도 덕적 가치가 단일한 정치적 공동체의 척도로 규정될 수는 없다 는 것이 스토아 학파의 코스모폴리타니즘 관점이다.

둘째, 18세기 계몽주의 사상의 핵심적 개념들 중의 하나가 "세계시 민"*welt-bürger*이었는데, 가장 중요한 사상가는 칸트였다. 그는 코스모폴리타니즘 관념을 이성의 공적 사용the public use of rea- son과 결합시키고 도그마나 비합리적 권위에 의한 부당한 억압 들을 비판했다. 그는 열린 상호작용과 의사소통, 그리고 상호 주관성intersubjectivity의 가능성을 제한하는 원리들을 제거하고 자 했으며 "코스모폴리탄 권리"cosmopolitan right의 보장을 옹호 했다. "코스모폴리탄 권리"는 민족이나 국가의 특수한 주장들 을 초월하고 "보편적 공동체"universal community의 이익을 중시 한다. 이러한 관점에 의해 칸트는 식민주의를 거부했다.

셋째, 현대의 다양한 학자들에 의해 주장되고 있는 코스모폴리타니즘 은 3가지 핵심적 요소들을 포함하는데, (1) 도덕적 관심사의 궁 극적 단위는 국가나 다른 인간연대의 형태들이 아니라 개별적 인간들이다. 이것은 평등주의적 개인주의egalitarian individualism 라고 할 수 있다. (2) 동등한 가치의 지위는 모든 사람들에 의해 인정되어야 한다. 각자는 이 보편적 윤리 영역에서 동등한 이해관계를 지닌다. 이것은 상호적 인정reciprocal recognition의 원리라고 할 수 있다. (3) 지위의 공평성이나 상호적 인정은 각자의 입장과 주장에 대한 공명정대한 취급을 통해 가능하다. 이것은 불편부당한 추론impartialist reasoning이라고 할 수 있다.

콰메 앤서니 애피아Kwame Anthony Appiah에 의하면 "세계화" globalisation는 마케팅 전략이었으며, "다문화주의"multiculturalism는 질병을 치료하겠다고 자처하지만 다문화주의 그 자체가 질병이 되곤 한다고 말하면서, 전지구적 부족global tribe의 시대에 우리가 지향해야 하는 방향을 명시하는 용어로서 그 둘보다 오히려 "코스모폴리타니즘"을 쓰는 것이 좋겠다고 말한다(18-19). 코스모폴리타니즘은 개인의 특수한 사회를 넘어서는 사유, 행동, 감정의 방식, 혹은 지방적인 것과 특수한 것들의 주장에 대해 회의하는 사유의 양식, 또한 뿌리 없음을 새로운 삶의 방식으로 예찬하는 노마디즘의 방식이라고도 할 수 있다.

애피아는 코스모폴리타니즘은 두 가지 요소를 포함하고 있는데, 하나는 "우리에게 타인에 대한 의무, 즉 혈족의 유대나 심지어 더 형식적인 시민적 유대조차 넘어서는 더욱 확장된 의무가 있다는 생각"이고 다른 하나는 "우리가 보편적인 인간의 삶 뿐만이 아니라 특수한 삶의 가치까지도 진지하게 고려해야 한다는 것"이다(22). 제이스 위버Jace Weaver는 "포스트모더니즘과 마찬가지로 포스트콜로니얼 이론은 본질주의, 즉 특정의 인종적/종족적 범주 혹은 아이덴티티 내에 '실질적인' 본질이 있다고 보는 전제를 부정한다. 본질주의 대신에 그것은 하이브리디티, 동시성, 그리고 코스모폴리타니즘을 촉진한다"(226)고 말한다.

물론 "코스모폴리타니즘"은 다양한 뜻으로 쓰인다. 제레미 왈드론 Jeremy Waldron이 세일라 벤하비브Seyla Benhabib의 논의에 대한 논평에서 정리한 것에 따르면, 그것은 인류애, 즉 민족적, 인종적 구별이 없이 세상의 모든 사람들에 대한 의무를 뜻할 수도 있고, 문화의 유동성과 일시성을 함축할 수도 있으며, 또한 서로 구별되는 실체들로 간주된 문화들 간의 경계들이 없어지는 것에 대한 예찬 등을 가리킬 수도 있고, 문화나 도덕적 정서가 아니라 질서와 규준, 즉 세계정부에 대한 예견과 관련된 것을 지칭하기도 한다(83).

펭 체아Pheng Cheah는 진정한 보편주의universalism를 실현할 수 있고 민족주의적 특수주의nationalist particularism를 극복할 수 있는 정치적 이상으로 등장했던 일종의 철학적 코스모폴리타니즘과는 달리, 1990년대에 다시 대두된 코스모폴리타니즘은 세계화와 그것의 효과에 대한 분석을 통해 민족주의에 대한 규정적 비판을 토대로 하는 것으로서 다음과 같은 3가지 상호연관된 명제들로 정리될 수 있다고 본다(18-19).

> 첫째는 자주적 민족국가를 정당화했던 주요 기능들이 세계화에 의해 약화된 것,
> 둘째는 비정부조직NGO과 같은 정치조직들을 생성시키게 된 세계화에 의해 상호결합된 세계에 대한 인식이 강화된 것,
> 셋째는 민족주의적 특수주의의 한계에 대한 비판을 통해 새로운 코스모폴리타니즘적 의식이 민족주의보다 더 우월하다는 것에 대한 인식 등이다.

울리히 벡Ulrich Beck은 매그달레나 노위카Magdalena Nowicka 등이 편

집한 『코스모폴리타니즘 실제』*Cosmopolitianism in Practice*라는 책의 서문에서 사화과학에서 "세계화"라는 말이 사용된 단계들을 (1) 거부, (2) 개념의 세련화와 경험적 연구, (3) '코스모폴리타나이제이션'cosmopolitanization, (4) 인식론적 전환으로 구분한다(xi-xiii). 거부라는 1번째 단계 이후 2번째 단계는 지구 전지역 사람들의 상호연관성과 상호의존성, 전지구적 차원에서의 불공평의 증가, 경제영역에서 초국적 기업들, 정치영역에서 국제통화기금IMF, 세계은행World Bank, 세계무역기구WTO, 그리고 시민사회에서는 국제사면위원회Amnesty International, 그린피스Green Peace 등과 같은 초국적 기구들의 형성으로 나타났다. 동시에 전지구적 위협과 전지구적 조직범죄 등의 출현을 파생시켰다. 3번째 단계에서 코스모폴리타나이제이션이 공통분모로 출현했는데, 그 단계에서 (1) 시장, 국가, 문화, 문명, 일반인들의 생활세계들을 분리시키는 분명한 경계들의 쇠퇴, (2) 정보, 자본, 위협의 흐름의 침투로 인해 외부인들과의 비자발적인 대면 등이 야기되고 강요되었다.

그러나 모든 사람들이 "코스모폴리탄"이 된 것은 아니고, "재민족화"re-nationalization, "재종족화"re-ethnification의 흐름이 많은 지역에서 나타나기도 했지만, 전지구적 차원에서의 상호의존성이 강화됨으로써 사람들의 일상적 삶의 차원에서도 코스모폴리타나이제이션, 즉 "경계들의 쇠퇴와 타자들과의 비자발적 대면"이 진행되었다는 것이다. 여전히 "민족적 조망"이 있지만 더 이상 국민국가 혹은 민족국가nation state라는 단위를 중시하기는 힘들다는 것이다. 벡의 진술 중에서 주목해야 하는 것은 이 시대의 사람들은 자신들의 아이덴티티 형성과정에서 우리we-그들them이라는 이분법을 더 이상 토대로 삼지 않게 되었다는 지적이다. 따라서 지금도 성행하는 민족국가라는 존재론ontology을 방법론methodology으로, 즉 "방법론적 코스모폴리타니즘"methodological cosmopolitanism으로 대체하는 것에 대해 고려해야 한다.

로버트 파인Robert Fine은 "우리는 코스모폴리탄 시대a cosmopolitan age에 있다기보다 코스모폴리타니즘의 시대an age of cosmopolitanism에 살고 있다"고 말하는 것이 맞다고 말하고, "코스모폴리타니즘의 시대"라는 것은 우리 시대 그 자체에 대한 객관적인 규정이라기보다 우리시대의 잠재력과 필요성을 보는 하나의 규정적 전망a normative perspective으로 이해될 수 있는 개념이라고 한다(19). 그런데 벡의 코스모폴리탄 비전에 대해 비판하는 사람들은 국가자주성state sovereignty을 격하시키는 코스모폴리타니즘의 경향은 미국의 팽창주의의 이익과 일치한다고 보고 그 확산을 우려한다. 파인은 코스모폴리타니즘은 현재의 전지구적 질서가 보편적 이상들과 이 이상들을 강화하도록 권위를 부여받은 초국가적 정치체제에 의해 지배되고 있다는 신화를 항구적인 것으로 만드는데, 사실은 그 전지구적 질서는 상호작동하면서 경쟁하는 민족-국가들에 의해 지배되고 있을 뿐이라고 지적한다(20).

"코스모폴리틱스"cosmopolitcs는 로라 크리스먼Laura Chrisman에 의하면 최근의 신조어로서 "종족 기반의 민족주의들의 확산"에 대한 반응 혹은 "전지구적 자본주의의 탈포드주의적 재구조화"에 대한 반응으로서 "자신의 조국으로부터의 자발적인 망명"을 통해 표출되는 감성을 뜻한다(157).

스티븐 베르토벡Steven Vertovec과 로빈 코헨Robin Cohen은 코스모폴리타니즘에 대한 6가지 원근법들을 다음과 같이 정리한다(9-14).

(1) **사회-문화적 조건**: 장거리 여행, 대규모 이주, 세계의 대도시들에서 현저해진 다문화주의, 위성 텔레비전, 이메일 등의 신속한 통

신수단의 발달 등에 의해 사회적으로, 문화적으로 상호침투된 지구의 상황이다. 코스모폴리타니즘이라고 지칭되는 사회문화적 조건을 예찬하는 사람들은 문화적 창의성의 활기만이 아니라 다양한 인종중심주의적, 종족중심주의적, 성별중심주의적, 민족국가중심주의적 내러티브들에 대한 정치적 도전을 옹호한다. 반면에 그런 조건을 비판하는 사람들은 전지구적, 혼종적, "뿌리없는" 코스모폴리탄 문화라는 것이 규격화된 대량 상품들의 대량 소비주의 문화일 뿐이라고 본다.

(2) **일종의 철학 혹은 세계관**: 우리시대의 정치철학자들은 특수한 집단과 맥락에 정초한 도덕적 원칙들과 책임을 중시하는 쿄뮤니테리언communitarian들과 권리와 정의의 보편적 원리들을 중시하는 코스모폴리탄들로 나누어진다. 후자는 공통의 가치에 헌신하는 "세계 시민들"이 될 것을 주장한 칸트의 도덕적 코스모폴리타니즘으로 거슬러 올라간다.

(3) **초국가적 제도들의 형성을 향한 정치적 프로젝트**: 코스모폴리탄 전망은 민족국가 체제의 정치제도들을 대체할 제도들을 확립하는 정치적 발전을 지향하고, 자주적 국가 혹은 국가의 자주성의 한계를 인식하는 것으로부터 시작한다.

(4) **다중 아이덴티티들의 확인을 위한 정치적 프로젝트**: 우리는 일련의 동심원적 원들에 의해 둘러싸여 있다. 개인의 특수한 정치적 이익과 행동은 한 원에서 다른 원으로 이전될 수 있다. 디아스포릭 동일화diasporic identification가 사람들의 제휴를 다양화함으로써 다중적 제휴multiple affiliation가 형성된다.

(5) **태도적, 기질적 정향**: 다중적 제휴, 다원적 동일화에 덧붙여 코스모폴리탄과 코스모폴리타니즘을 독특한 조망 혹은 세계에 관여하는 방식으로 본다.

(6) **실천 혹은 능력의 양식**: 소비주의적 코스모폴리타니즘consumerist

cosmopolitanism, 취향의 전지구화, 음식, 예술, 음악, 문학, 패션 등의 대량 이전, 사회의 다문화화a multiculturalization of society 등이다.

머빈 프로스트Mervyn Frost는 코스모폴리탄/코뮤니테리언 논쟁the cosmopolitan/communitarian debate에 대해 언급하면서, "코스모폴리탄들은 개인적 권리의 우위성을 주장하고 코뮤니테리언들은 정치적 공동체들의 권리의 중요성을 강조하면서 관습적으로 주된 정치적 공동체를 민족국가the nation state로 인식한다"(99)고 말한다. 프로스트가 지적하듯이, 전세계의 모든 사람들은 "전지구적 시민사회"global civil society의 참여자이면서 동시에 "자주적 국가 사회"the society of sovereign states의 참여자로 구성된다. 그렇기 때문에 전지구적 시민 사회 내의 모든 사람들을 위한 보편적 인권이라는 체계에 대한 우리의 헌신에 고착할 것인가 아니면 자주 국가 사회 내의 우리의 동료 시민들을 위한 헌신에 머무를 것인가라는 양자 선택의 "비극적" 선택의 기로에 설 때가 있게 된다(96-99).

톰 럿츠Tom Lutz에 의하면, 코스모폴리타니즘은 "타자성과 전지구적 다양성과의 관련 속에서 영웅시된 개인적 수양을 과도하게 강조하는 것"이라는 비판도 있었으며, "현실적인 정치적 프로그램"을 "덕행의 예술"an art of virtue로 대체해 버리는 것, 혹은 공동체 원칙에 대한 헌신이 결여된 엘리트 지식인들의 일종의 회피라는 비판도 있다(45). 이와 같은 비판의 맥락에서 나온 다양한 형태의 "대항코스모폴리타니즘들"countercosmopolitanisms은 긍정적 모델로 받아들여지기도 하고 부정적 모델로 받아들여지기도 한다. 즉 페미니스트적, 에콜로지컬, 포스트콜로니얼 코스모폴리타니즘들은 긍정적인 것으로, 반면에 서구적, 부르주아적, 전지구적 코스모폴리타니즘들은 부정적인 것으로 받아들여진다.

애국주의 혹은 민족주의를 현실적 전략으로 옹호하는 사람들은, 유럽에서 계몽주의 시대에 나온 철학적인 코스모폴리타니즘을 실현불가능한, 아름다운 이상일 뿐이라고 비판한다. 그러나 벡이 말하듯이 우리시대는 인간조건 그 자체가 "세계시민적인" 것이 되었다. 즉 "정치, 경제관계, 법, 문화, 그리고 코뮤니케이션과 양방향 네트워크"등의 분야에서 진행된 세계화 혹은 전지구화에 의해 "코스모폴리탄 전망"the cosmopolitan outlook이 "민족적 전망"the national outlook을 대체하고 있는 시대이다(1-2). 세계화에 대한 저항운동 그 자체도 세계화되는 우리시대의 상황을 코스모폴리타니즘과 관련하여 벡이 정리하고 있는 것을 요약하면 다음과 같다(69-71).

(1) 현실적, 정치적으로 효율적인 코스모폴리타니즘은 유엔U.N, 유럽연합E.U, 세계은행World Bank, 북대서양조약기구NATO, 유럽경제협력기구OECD 등과 같은 제도들을 통해 시도되는데, 이것들은 히틀러와 내셔널 소셜리즘National Socialism에 대한 반작용으로 이해될 수 있다. 이러한 코스모폴리타니즘은 민족국가의 공리들이 지닌 주요관념들, 즉 나치즘이나 홀로코스트를 상기시키는 종족적 통일성ethnic unity에 대한 이상이나 인종적 소수들의 동화assimilation라는 관념 등을 비판한다. 이 부분에서 벡이 제기하는 문제에 대해 고려해야 한다. 즉 "소수자들은 그들의 차이를 긍정하고, 초국가적(초민족적) 네트워크들과 아이덴티티들을 통해 내적으로, 외적으로 그 차이를 강화해야 할 필요가 있는 것이 아닌가?"

(2) 20세기의 마지막 무렵에 코스모폴리타니즘이 발현하게 된 데에는 "포스트콜로니얼 순간"the postcolonial moment이라는 것이 있었다. 즉 주변화된 소수자들이 그들 자신들의 정치적, 문화적 자기이해

를 성취하게 된 계기와 함께, 포스트콜로니얼리즘 담론이 유럽인
들의 자기이해를 변형시킴으로써 "민족적" 유럽에서 "코스모폴리
탄적" 유럽으로 확대된 사정이 결부되었던 것이다. 유럽적 자아는
식민화에 의해 배척된 타자들과 함께 상호결합되어 있다는 인식
에 의해 코스모폴리타니즘이 부각되었다.

(3) 디아스포라diaspora, 문화적 혼합metissage, 하이브리디티hybridity
개념들이 긍정적인 인간조건을 묘사하는 용어들로 등장하기 시
작한 것도 코스모폴리타니즘의 발흥과 연관된다. 존재론적 안정
성의 상실Weltvertrauen, 중간적 삶living in between, 뿌리없음root-
lessness 등이 부정적 함의를 상실하고 긍정적 의미를 지니게 된
것이다.

그런데 이런 논의에서 벡이 사용하고 있는 "우리"라는 일인칭 복수
대명사의 의미, 즉 그것이 누구를 포함하고 누구를 배제하는가에 대한 의
문에 대해서도 살펴볼 필요가 있다.

"우리는 모든 외국인들을 져버리는 민족주의자를 편들 필요도 없고,
자신의 친구나 동료 시민을 냉담하고 공평무사하게 대우하는 극단적인 코
스모폴리타니즘을 편들 필요도 없다. 우리가 옹호해야 할 입장은 (두 가지
의미에서) '지역적 헌신을 요구하는 코스모폴리타니즘'이라고 불릴 것이
다"(24)라는 애피아의 말에 보이는 "지역적 헌신을 요구하는 코스모폴리타
니즘"에 대해 우리는 디아스포라 개념과 관련하여 살펴볼 필요가 있다.

벡이 말하듯이, "디아스포라" 개념은 "양자택일either/or 대립을 거부
하고, 스스로 보호하는 특수성에 대한 추구와 함께, 모든 지역적 이익을 초
월하는, 인권의 전략적 보편주의를 결합하는 개념이다(70-71). "디아스포
라"라는 용어는 어원적으로 보면 고대 그리스어인 "diaspeirein"에서 "dia"

across와 "-speirein"to sow or scatter에서 나온 것으로서 "고국으로부터의 망명, 강요된 이주, 이민 혹은 재정착의 이유로 분산되고, 이주되고, 이전된 사람들"을 지칭한다. 포스트콜로니얼리즘 비평에서는 이주된 혹은 철거된 사람들을 지칭하는데, 그 이유가 영토분쟁, 전쟁, 강요된 이주 혹은 이민 등이다. 로빈 코헨Robin Cohen은 이주migration, 이동displacement, 이사movement 등의 다양한 이유에 따라 희생자 디아스포라victim diaspora, 노동 디아스포라labour diaspora, 제국 디아스포라imperial diaspora, 무역 디아스포라trade diaspora, 고국디아스포라'homeland' diaspora, 문화적 디아스포라cultural diaspora 등으로 구별한다(160-61). 디아스포릭 공동체들은 특수한 문화적, 언어적, 인종적, 민족적 맥락에서 그들 자체의 이질성과 하이브리디티의 특별한 형태들을 개발한다.

제임스 프록터James Procter는 포스트콜로니얼 이론에서 "디아스포라"라는 용어는, 본래 팔레스타인으로부터의 유태인들의 망명을 지칭하는 말로 주로 쓰였지만, 포스트콜로니얼 이론가들에 의해 "제국에 의해 강요된 이주 혹은 자발적 이주"를 지칭하게 되었는데, 지리적 현상, 즉 개인이나 집단이 물리적 지역을 횡단하는 것을 뜻할 수도 있고, 이론적 개념, 즉 하나의 사유양식 혹은 세계를 재현하는 방식을 뜻할 수도 있다고 말한다 (151).

디아스포릭 횡단들은 종교적, 인종적, 성별적, 민족적 아이덴티티 그 자체의 경직성에 의문을 제기한다. 그러나 이 디아스포릭 이동은 역사로부터의 포스트모던 전환이 아니라 노마딕 전환의 표식인데, 그 안에서 특수한 역사적 순간들의 매개변수들은 구체화되고, 디아스포라 그 자체가 제시하듯이, 분산되고 새로운 생성의 지점들로 재집단화된다(Braziel and Mannur 3).

영토, 소속, 조국, 고향 등과 같은 정적인 관념들을 중시하는 태도에 대한 비판을 담고 있는 디아스포라 개념이 포스트콜로니얼리즘 비평에서 긍정적인 의의를 지닐 수 있긴 하지만, 현실세계에서 디아스포라가 파생하는 부정적인 문제들을 간과하는 것은 옳지 않다. 존 매클로이드John McLeod가 지적하듯이, "디아스포라 사람들은 흔히 슬럼화되거나 자신들이 '새 나라'에 속한다는 느낌을 갖지 못한 채로 그들 자신들의 문화적 관행들이 조롱과 차별의 대상이 되는 것에 따르는 고통을 받는다"(239)는 것을 검토해야 한다.

코스모폴리타니즘과
하니프 쿠레이쉬

하니프 쿠레이쉬 Hanif Kureishi

하니프 쿠레이쉬Hanif Kureishi의 소설 『교외의 부처』The Buddha of Suburbia 마지막 부분에서 주인공인 카림Karim과 그의 아버지는 "우리는 전적으로 새로운 삶의 방법을 찾아야만 한다"고 말한다. 그들의 목적을 성취하기 위해 자신들의 인종성을 적극적으로 발휘하기로 작정하는 것이다. 이것은 가야트리 스피박 Gayatri Spivak이 말하는 "전략적 본질주의"strategic essentialism의 방식이다 (Morton 75). 전략적 본질주의는 작가 쿠레이쉬 혹은 주인공 카림의 가족과 같은 소수집단이 정치적 아이덴티티를 확립하기 위해 택할 수 있는 단기간의 전략으로 유효하다. 다만 그 정치적 아이덴티티가 지배집단에 의해 본질적 범주로 고착되는 것은 피해야 한다. 왜냐하면 그것은 특정의 인종성을 불변의 고정된 실체로 보는 본질주의essentialism로 회귀하기 때문이다. 식민체제가 본질주의에 의존하는 이유는 인종성을 불변의 고정된 실체로 보는 것이 지배를 정당화하고 용이하게 하기 때문이다.

본질주의적 태도라고 할 수 있는 "아이덴티티 정치학"identity politics은 인종적 아이덴티티의 토착적 구성이라는 관념을 조장할 수 있다. 탈식민 민족 해방 운동도 일종의 "아이덴티티 정치학"으로서 본질주의적 사유 양식에 의존한 것인데, 식민주의적 담론들에 의해 약화된 지역적 아이덴티티에 대한 의식을 회복하는 것을 지향한다. 서발턴subaltern 혹은 식민화된 사람들이 자신들의 존재를 형성한 담론과 제도를 초월하기 위해 전략적 본질주의가 요구되는데, 그것은 인종, 종족, 민족 등의 본질화된 개념들을 방편적으로 활용한다. 전략적 본질주의는 특정의 사회에서 비합리적으로 자행되는 억압과 착취에 대한 장기적인 관점에서의 정치적 해결책은 제공하지 못할지라도 이른바 맥락-특수적 전략context-specific strategy으로서 유효성이 있다.16)

나헴 유사프Nahem Yousaf는 쿠레이쉬의 문학은 호미 바바Homi Bhabha가 논의한 홀리스틱, 유기적 아이덴티티가 아닌 문화들의 하이브리디티에 기인한 문화적 이동과 관련된다고 말한다(50). 쿠레이쉬는 "제국이라는 관념의 심리적 약화"를 보여주는 당대의 영국 공동체에 대해 형상화하는 작가이다.

쿠레이쉬는 "영국 내부에서의 새로운 제국"The New Empire Within Britain이라는 제목의 에세이에서 제도적 인종차별주의가 어떻게 나타나고

---

16) 이러한 맥락-특수적 전략의 한 예로 1979년 혁명 당시 이란에서 중산층 여성들이 베일을 씀으로써 노동자 계층 자매들과의 연대성을 표현한 것을 들 수 있다(Morton 75).

있는지를 이민자들의 이미지를 통해 탐구한다. 샐먼 루시디Salman Rushdie 는 "입체적 시각"stereoscopic vision과 "전체적 시각"whole vision을 구분하는 데, 이 관점을 따르면 쿠레이쉬는 문화들의 사이between와 문화들의 횡단 across을 조망하는 "입체적 시각"을 구현하는 작가이다(Yousaf 50). 이러한 입체적 시각은 이 작품에서 일종의 "브리콜라쥬"bricolage 기법을 통해 구현된다. 쿠레이쉬는 공동체를 통제적, 획일적 혹은 유기적 통일체로 보지 않고 파편화된, 비구조화된 것으로 보기 때문에 이질적인 다양한 사람들이 함께 모여 사는 이민 공동체 사람들의 속성을 그린다. 특히 쿠레이쉬는 영국에 사는 아시아 이민자들 공동체의 구조를 브리콜라쥬로 묘사한다 (Yousaf 54).

이 브리콜라쥬라는 것은 하이브리디티hybridity에 관한 논의를 통해 보완될 수 있다. 이 작품에서 쉐드웰Shadwell이 취하는 태도와 같이 하이브리디티를 "진정성"authenticity의 상실로 보는 경향이 있다. 이것은 소수자들이 그들의 기원 문화의 전통을 고수하기를 고무하는 일종의 이국주의exoticism 담론이라고 할 수 있다. 또 하나는 자유주의적 다문화주의자의 담론으로서 그것은 문화적 차이에 대한 존중이라는, 입에 발린 옹호에도 불구하고 중심의 권위를 재설정하게 된다.

B.J. 무어 길버트B.J. Moore-Gilbert는 하이브리디티에 대한 호미 바바의 관점과 루시디의 관점을 대조하고 있다. 바바의 관점에서는 문화들 간의 차이들은 생산적 긴장관계를 유지하며 상호보완적으로 존속된다는 것이다(197). 중심과 주변 간의 대립이 초기 포스트콜로니얼리즘 이론에서 지배적인 것인데, 스튜어트 홀Stuart Hall은 이 하이브리디티 개념을 아이덴티티 이론으로 확장한다. 홀에 의하면, 모든 개별적 아이덴티티들은 언제나 이미 인습적인 중심/주변 분리들 내부에서만이 아니라 횡단하는 변별

적 협약에 의해 탈중심화된다. (중산층, 게이, 흑인 남자는 인종과 섹슈얼리티에 의해 주변에 속하지만, 계급과 젠더로는 중심에 속한다.) 그러므로 홀은 문화정치의 수립이 중요하다고 본다(Moore-Gilbert 197).

우리는 문화적 시너지cultural synergy나 문화이식transculturation과 같이 지배문화와 피지배문화 사이의 상호성을 강조하는 개념들이 그 문화들 사이의 대립성을 무시하게 되고 의존성을 지속시킨다는 비판에 대해 주목해야 한다. 그런 상호성에 대한 강조 때문에 제국주의 과정에서 파생되는 위계질서에 대한 반성적 검토가 결여되기 쉽다는 것이다. 식민담론 비판의 맥락에서 찬드라 탈파드 모한티Chandra Talpade Mohanty, 베니타 패리Benita Parry, 아이자즈 아마드Aijaz Ahamad 등이 이 점을 언급하고 특수한 지역적 차이들을 무시하는 것에 대해 비판한다(Ashcroft, *Post-Colonial Studies* 97).

민족문화나 식민화되기 이전의 전통들의 회복을 지향하는 주장이 반식민 포스트콜로니얼 담론에서 중요한 것이 사실이지만, 한편 포스트콜로니얼 문화의 하이브리드 성격에 관한 이론들은 새로운 저항모델을 제시하기도 하는데, 왜냐 하면 전복적인 대항담론적 실천의 방식으로 하이브리디티를 수용하기 때문이다. 그러한 대항담론적 실천은 이른바 "식민적 양가성"colonial ambivalence 그 자체에 내재하고 있다.

식민적 양가성이란 바바의 용어인데, 그는 식민담론이 양가적일 수밖에 없는 이유는 식민주체들**식민화하는 자들**은 식민객체들**식민화되는 자들**이 자신들의 정확한 복제물이 되는 것을 원하지 않기 때문이라고 본다(*Location of Culture* 87). 바바의 관점에 의하면, 식민객체들이 식민주체들의 정확한 복제물이 되면 변화된 그들은 식민주체들을 오히려 위협하는 존재들이 된다. 예를 들면 인도인들에게 기독교를 심어주려고 하면서도 동시에 인도인들이 그 때문에 자유를 위해 소란스럽게 할지도 모른다고 염려한 18세기

말의 찰스 그랜트Charles Grant가 있는데, 그의 해결책은 기독교사상과 동시에 카스트제도의 관행들을 혼합시키는 양가성의 방편이었다. 이와 같이 식민담론 그 자체는 불가피하게도 그 자체의 파멸을 초래할 잠재성을 잉태하고 있기 때문에 불가피하게도 양가적 상황을 만들 수밖에 없는 것이다.

쿠레이쉬를 영국에서의 이민자 문화, 특히 인도와 파키스탄 출신 이민자들의 문화를 단순히 대변하는 작가라고 할 수는 없을 것이다. 쿠레이쉬의 문학은 그가 인도 태생이라는 이유로 겪게 된 편견, 고정관념, 인종차별주의와 직면하여 민족적 아이덴티티에 내재된 포스트콜로니얼 차원을 조사한다. 그 차원은 문화이식 과정과 디아스포릭 상황 속에서 이민자들이 영웅적인 민족적, 문화적 아이덴티티에 대한 추구와 하이브리디티에 대한 추구를 동시에 지니기 때문에 발생한다.

쿠레이쉬는 "나는 인종, 이민, 통합과 식민적 유산의 이슈들은 다른 이슈들이나 태도들과 긴밀하게 연결되어 있다는 것을 알게 되었는데, 그것은 마치 담장의 균열과 같은 것으로서 그 틈새를 통해 풍경을 볼 수 있게 된다"(Knippling 161)고 말한다. 물론 쿠레이쉬는 사람들이 자신이 두 문화들 사이에 갇혀있다고 보지만, 자신이 아니라 자신의 아버지가 그렇다고 말한다(Knippling 159).

쿠레이쉬는 (영국으로의 이민과 그에 따른 인종차별주의와 다문화주의를 포함한) 식민화, 포스트콜로니얼리즘, 포스트콜로니얼 상황이라는 사회적, 역사적 맥락과 같은 양상들을 고려하면서, 오늘날의 다문화 영국에서의 민족적 아이덴티티의 새로운 윤곽을 파악한다. 21세기에는 이전의 민족주의가 민족적 아이덴티티의 엄격한 제한들이 지속적으로 철저히 혼합되고 있는 "민족"에게는 더 이상 적용될 수 없다. 여전히 이전의 제국주의적 문화와 사회로의 통합이라는 난제가 있다. 쿠레이쉬의 인물들은 문화적, 개인적 아이덴티티를 추구하는데 그것이 반복적이고 중심적인 동기다. 비록 그들이 찾게 되는 것은 하나의 원근법에만 제한되는 것은 아니지만 (Sandten 375).

트레이시는 보통 말이 없는 편이었다, 그래서 안와의 연기에 대해 그녀가 말하기 시작했을 때 그룹은 단지 듣기만 할뿐 참견하지 않았다. 갑자기 '소수집단들' 간의 문제가 화제가 되었다.

"카림, 두 가지 문제가 있는데, 하나는 안와의 단식투쟁이 마음에 걸려. 네가 말하고자 하는 것이 마음을 상하게 해. 참으로 나를 아프게 해! 우리가 그렇게 해도 되는지 모르겠어."

"진심이야?"

"그래" 그녀는 내가 그 정도도 알 수 없는가하고 비난하듯이 말했다. "너의 연기는 흑인들을...."

"인도인들이지...."

"흑인들과 아시아인들을..."

"한 늙은 인도 남자를...."

"비합리적이고, 어리석으며, 신경질적인 사람으로, 미친 존재로 그리고 있어"

"미친 사람으로?"

....

"무엇이 정확히 거슬리는지 말해 주세요," 엘리노어가 동정적으로 물었다.

"어떻게 시작할까? 너의 연기는 백인들이 이미 우리에 대해 생각하고 있는 것을 그대로 나타내고 있어. 즉 우습고, 기묘한 습관을 지니고, 특이한 풍습을 지닌 존재로. 백인들에게 우리는 이미 인간성이

결여된 사람들이지." (Kureishi 180)

·····················

 "카림, 우리는 우리의 문화를 이 시점에서 보호해야 해. 동의하지
않니?"

 "아니. 진리가 보다 더 높은 가치를 지니지."

 "쳇, 진리라고? 누가 그것을 규정하지? 무슨 진리? 네가 옹호하는 것
은 백색진리다. 우리가 논의하고 있는 것은 백색진리야." (Kureishi 181)

　고향, 소속 등과 관련된 관습적인 관념들은 특정의 지리적 장소 혹
은 공동체에 확고하게 자리잡는 것을 강조하는 정적인 개념들에 토대를
둔다. 동질화된 공동체의 일원으로 뿌리를 내리게 하려는 시도가 민족, 인
종, 종족 등의 개념들로 형성된 것이라고 할 수 있다. 쿠레이쉬의 문학은
그와 같은 개념들이 더 이상 유효하지 않게 된 시대, 즉 고향, 소속 등과
관련된 관습적인 관념들에 의존하지 않는 새로운 아이덴티티 모델이 필요
한 시대의 개인이 처한 "중간"in-between의 방식을 형상화한다. 그것은 한
장소, 국가, 혹은 인종집단 속에 정착하는 "뿌리"roots가 아니라 상상적으로
건 실제적으로건 많은 다른 장소들 혹은 많은 다른 사람들과 접촉하기 위
해 스스로 부단히 여정을 계획하는 문화적 "행로"routes의 존재양식이다
(McLeod 249).[17]

---

[17] "뿌리"와 "행로"는 매클로이드가 언급하고 있듯이 폴 길로이Paul Gilroy가 *The Black Atlantic*
　　에서 대조적으로 쓴 용어들이다. 길로이는 마틴 로빈슨 들라니Martin Robinson Delany의 이
　　중의식double consciousness에 대해 다루면서 현대의 흑인 정치문화가 "행로"라고 할 수 있
　　는 이동과 중개의 과정으로서의 아이덴티티보다 "뿌리"와 관련된 아이덴티티에 대해 더 많
　　은 관심을 기울인다고 진단한다(19). 영어 단어 "root"와 "route"가 동음이의어homonym이다.

코스모폴리타니즘과 문화적 아이덴티티

세계화globalisation와 세계주의globalism는 정치적 홀리즘political holism을 고무하면서도 동시에 부족주의tribalism를 양성하는 이중성을 지닌다. 정치적 홀리즘이란 개인들, 문화들, 국가들의 상호 작용적 관계를 중시하고 지구촌적 체제로 세계를 이해하는 관점 혹은 그와 같은 평등한 공생적, 상호의존적 방향으로 세계를 변화시켜야 한다는 주장이다. 이 점에서 정치적 홀리즘은 코스모폴리타니즘cosmopolitanism이 지향하는 방향과 같은 것으로 볼 수 있다. 반면에 부족주의 혹은 자민족(종족) 중심주의ethnocentrism는 자신의 집단에 대한 무조건적 애정과 충성, 자신의 집단이 타 집단들에 비해 우월하다는 믿음, 그리고 타 집단들을 경쟁자들로 간주하는 경향 등을 뜻한다.

정치적 홀리즘은 또한 다문화주의multiculturalism의 이념과 같은 맥락에서 이해될 수 있다. 그런데 다문화주의의 이념은 정치적 홀리즘만이 아니라 종족적 보존주의ethnic preservationism도 포함하기 때문에 다소 복잡한 논의가 필요하게 된다. 예를 들면 미국의 경우, 백인 중심의 문화적 아이덴티티가 종족적 보존주의에 의해 훼손된다고 보고 다문화주의의 이념을 비판하는 정치적 우파the political Right가 있다. 그러나 정치적 홀리즘은 문화적 다양성을 반권위주의적, 비위계질서적 관점에서 인정하고 옹호한다는 점에서 편협한 종족적 보존주의와는 다른 것으로 볼 수 있다.

"정치적 홀리즘"이라는 용어는 베티 진 크레이그Betty Jean Craige가 『지구촌 사회에서의 미국의 애국주의』*American Patriotism in a Global Society*에서 세계화에 대한 미국의 "애국적" 저항이 어떻게 나타나고 있는지를 비판적으로 검토하면서 만든 것이다. 크레이그는 『사다리 내려놓기: 문화적 홀리즘의 출현』*Laying the Ladder Down: The Emergence of Cultural Holism*에서 이미 "홀리즘"이라는 개념을 문화연구의 장으로 편입시켰는데, 문화적 홀리즘에 대해 크레이그는 "상호의존적인 문화들과 개인들, 그 누구도 타인에 대해 절대적 우월성을 누릴 수 없고, 서로가 상호관계 속에서, 그리고 자연환경과의 교류 속에서 발전하는, 복합적이고 개방적인 체계로서의 인간사회에 대한 비전"이라고 설명한다(*Laying* 5). 크레이그는 두 번째 저서에서는 세계주의와 부족주의 사이의 긴장에 대해 분석하고 있다. 즉 세계화가 점점 더 강화되는 세계에서도 지속되고 있는 부족주의의 가설들과 수사학, 그리고 정치적 결과들에 대해 구체적인 예들을 들어 고찰하고 있다.

희랍어로 전체를 뜻하는 "홀로스"holos에서 유래된 영어의 "홀리즘" holism이라는 개념은 사전에 의하면 "실재의 근본적, 결정적 구성요소들로 된 전체적 실체들은 그것들을 이루는 부분들의 단순한 집합과는 다른 존재를 가진다는 이론"으로 정의되거나 "우주, 특이 살아있는 자연은 기본적인 분자들의 단순한 총화 이상의 상호 작용적(살아있는 유기체들과 같은)

전체들의 견지에서 보아야 한다는 이론"으로 정의된다. 크레이그의 의하면 이 용어가 유행하게 된 것은 잔 크리스티안 수뮤츠Jan Christian Smuts가 『홀리즘과 진화』(1926)에서 물질, 생명, 정신 등은 분리된 존재 영역으로서가 아니라 상호연관 속에서 탐구되어야 한다고 주장한 이래로 통용되기 시작했다고 한다(*American* 150).

　"전체론"으로 번역될 수도 있는 영어 단어 "홀리즘"을 풀어서 옮겨보면 평등한 상호의존주의라고 할 수도 있을 것이다. 영어권에서 "홀리즘"은 다양한 문맥에서 쓰이고 있다. 예를 들면 간호학, 의학, 교육학, 사회과학 등에서 하나의 전체를 구성하는 부분들 사이의 균형적인 상호 관련성을 강조하는 방법론을 "홀리즘"과 "홀리스틱"holistic이라는 용어들로 설명하고 있다. 미국 홀리스틱 간호 협회라는 곳에서 인터넷상에 올린 자료에 의하면 "홀리스틱 간호학은 홀리즘에 관해 두 가지의 견해가 있음을 확인한다. 즉 전체가 부분들의 총화보다 더 많다는 것을 알고 인간의 생물학적, 심리적, 사회적, 영적 차원들의 상호관련을 연구하고 이해하는 홀리즘과 개인을 내적, 외적 환경들과 상호작용을 하는, 그리고 그 내적, 외적 환경들에 의해 영향을 받는 통합된 전체로 보는 홀리즘이 그것이다. 홀리스틱 간호학은 이 둘을 다 받아들인다"고 되어 있다.

　사실 이 "홀리즘"이라는 용어는 의학, 특히 뉴에이지New Age 계열의 대체의학과 연관된 맥락에서 쓰이기도 한다. 한의학 혹은 동양의학에서 질병에 대한 진단과 치료를 하나의 기관에 국한시키지 않고 언제나 몸 전체와의 연관 속에서 수행하는 것도 이와 같은 홀리즘의 입장과 같다. 또한 교과과정 내의 학제적interdisciplinary 상호관련성과 학생들 사이의 상호작용, 그리고 인간의 내적 삶과 외부세계 사이의 연관에 초점을 맞추는 홀리스틱 교육에 관한 논의도 전개되고 있다. 같은 맥락에서 인간사회를 분석적 자료들로 구성된 것으로 보지 않고 하나의 전체로서, 즉 부분과 전체 사이의 변증법적 관계를 축으로 하는 해석학적 순환hermeneutic circle의 방법으로 성찰해야 한다고 보는 홀리스틱 사회과학 이론도 통합학문의 방향에서 형성되고 있다.

이마뉴엘 월러스틴Immanuel Wallerstein의 세계체제론world-systems theory도 넓은 뜻에서 보면 이와 같은 홀리즘이다. 홀리즘 혹은 전체론의 사상은 무엇보다도 심층생태학Deep Ecology에서의 생태학적 홀리즘eco-holism의 맥락에서 가장 잘 이해될 수 있을 것 같다. 즉 노르웨이의 철학자인 아르네 네스Arne Naess가 비판한 이른바 "얕은" 생태학은 국부적인 기술적, 정책적 개혁을 통해 생태학적 문제들을 해결할 수 있다고 본 반면에 "깊은" 생태학은 우리의 세계관에서부터 사회적 조직과 관계의 패턴들에 이르기까지 모든 부면에서의 근본적인 변화를 통하지 않고서는 생태학적 문제들이 제대로 해결될 수 없다는 관점인데, 이와 같은 생태학적 홀리즘이 크레이그의 문화적, 정치적 홀리즘의 기본 바탕이라고 할 수 있다.

크레이그의 논지는 비교적 분명하다. 즉 커뮤니케이션, 교통, 무역, 환경운동 등과 같이 초국가적 차원의 제도들과 체제들은 상호의존적 협력이 지구촌 사회의 구성원들의 궁극적인 이익을 위해 필수 불가결한 것이라는 인식의 산물이면서 동시에 그 인식을 심화시키고 있는데, 한편으로는 그와 같은 세계화 혹은 세계주의가 개별적 문화들과 민족들의 아이덴티티의 유지를 위협하기 때문에 부족주의를 역설적으로 강화시키는 면도 있다는 것이다. 이와 같은 세계주의와 부족주의적인 문화적 아이덴티티 유지 사이의 갈등을 크레이그는 정치적 홀리즘과 정치적 이원론 사이의 대립으로 설명하고, 샐먼 루시디Salman Rushidie의 『악마의 시』The Satanic Verse라는 소설에 대한 호메이니의 반응을 예로 들고 있다. 즉 무슬림들이 신성시하는 것들에 대한 루시디의 조롱적 풍자를 세계적 통합의 추구라는 맥락에서 해석하지 않고 자민족의 문화적 아이덴티티에 대한 심각한 도전으로 받아들이는 호메이니의 자민족 중심주의는 바로 편과 적의 이분법에 기초한 정치적 이원론이라는 것이다.

크레이그는 궁극적으로 경제적 불평등, 인구과잉, 환경파괴 등과 같은 세계적 문제들의 해결책을 모색하는 방법으로서의 국제적 협동을 가능하게 하는 법, 즉 체제 내에서 세력을 불평등하게 분배하고 있는 구성원들 모두를 위해 봉사할 법의 필요성에 대해 언급한다. 개별적인 문화적, 민족적 이익들을 위한 것이 아니라 세계적/전지구적 차원에서의 평등한 상호의존관계를 위한 초문화적, 초민족적 법과 제도의 확립이 필요하다는 것이다. 그렇지만 크레이그도 인정하고 있듯이 자신이 속한 집단에 대한 일차적인 애정과 충성은 자연스런 것이라고 할 수 있다. 특히 자신의 집단이 타 집단들에 의해 위협받을 때 자신의 집단을 지키려고 하는 것은 당연한 반응이다. 또한 문화적 아이덴티티의 유지는, 극단적인 자민족 중심주의적 요구가 아닌, 다름에 대한 이해와 다양성의 존중이라는 맥락에서는, 강조될 필요가 있을 것이다.

크레이그는 동의어로 쓰이기도 하는 세계화와 세계주의를 구별하고 있다. 즉 "세계화"는 인공위성 통신, 초국적 기업들, 경제적 상호의존, 공동시장, 환경보호주의 등에 의해 야기된 단일한 세계적 사회 혹은 지구촌 사회의 출현을 지칭하며, "세계주의"는 세계를 상호작용적 전체로 보는 의식을 뜻하는데, 크레이그는 이 "세계주의"는 미국 중심의 "새로운 세계 질서"를 지원하는 제국주의적 이데올로기가 될 수 있다는 점에서 그것은 모든 구성원들과 자연환경의 건강에 대한 관심을 중심으로 하는 정치적 홀리즘과는 다른 것이라고 말한다(*American*, 4~5).

크레이그는 "우리 시대의 문제는, 세계적(전지구적) 사회의 출현 속에서, 어떻게 문화적 아이덴티티들이 유지되면서도 동시에 부족주의적 공격성이 통제될 수 있는가 라는 물음이다"(*American* 43)라고 지적한다. 문화적 아이덴티티의 문제는 세계주의 시대 혹은 세계자본주의 체제에서의 민족이라는 문제와 연관된 포스트콜로니얼리즘과 코스모폴리타니즘 논의에서도 진지하게 검토되어야 하는 주제이다.

코스모폴리타니즘

포스트콜로니얼리즘과

포스트모더니즘과 포스트콜로니얼리즘 이론들이 비록 지배의 원천으로 작동한 계몽주의 프로젝트에 대한 공격과 식민주의적 사유에 대한 비판을 담고 있긴 하지만, 오늘날 우리가 대항해야 할, 새로운 형태로 나타난 실제적 적을 오해하고 비판의 적절한 대상을 파악하지 못하는 한계를 지니고 있다는 지적이 있다. 해방적인 것으로 보이는 포스트모더니스트/포스트콜로니얼리스트 전략들이 새로운 지배전략들에 대응하지 못하고 사실상 그 지배전략들과 공모하거나 부지불식간에 그것들을 강화할 수도 있다는 것이다.

오리엔탈리즘이나 문화제국주의와 관련한 에드워드 사이드Edward Said의 이론화 작업의 영향을 받은 포스트콜로니얼리즘 논의들은 샌더 L. 길먼Sander L. Gilman이 정신분석학적으로 설명하듯이, 식민화 상상력colonizing imagination과 이국화 상상력exoticizing imagination을 분간하지 않는 한계가 있다는 지적에 대해서도 주목할 필요가 있다(107-8).

아리프 딜릭Arif Dirlik은 호비 바바Homi Bhabha와 같은 포스트콜로니얼 이론가를 "정치적 신비화와 이론적 혼란화의 장인"(525)으로 비판한다. 산카란 크리슈나Sankaran Krishna도 가야트리 스피박Gayatri Spivak과 바바가 "전지구적 불공평과 인종차별주의"를 복잡하게 뒤엉킨 산문으로 신비화하고 혼란스럽게 한다고 비판한다(111). 크리슈나는 코스트콜로니얼 이론가들의 이른바 "문화적 전환"cultural turn의 경향이 역사의 미시적 단편들에 대한 과도한 관심과 함께, 식민주의의 영향을 다루면서 개인적 심리의 깊이를 측량하는 데에만 지나치게 치중함으로써, 경험론적으로 입증할 수 있는 억압의 구조들이나 권력의 제도들에 대한 이해를 오히려 약화시키고 있다고 본다(111).

포스트콜로니얼리즘 이론의 문제점들은 마이클 하트Michael Hardt와 안토니오 네그리Antonio Negri의 비판을 통해서도 확인할 수 있다. 그들은 바바와 같은 포스트콜로니얼리즘 이론가들이 낡은 권력형식을 공격하는 데 집착하여 오직 그러한 낡은 지형에만 효과적일 수 있는 해방 전략을 제안한다고 비판한다. 그들에 의하면 포스트콜로니얼리즘 이론은 현재의 전지구적 권력을 이론화하는 데는 불충분하고, 사이드의 이론도 "근본적으로 새로운 지배형식"에 대해서는 제대로 인식하지 못한 것이 된다(*Empire* 137-46).

하트와 네그리는 포스트모더니스트들과 포스트콜로니얼 이론가들을 전지구적 자본과 세계시장의 추종자들이라고 볼 수는 없고, 그들이 민주적이고 평등주의적인 태도, 때로는 반자본주의적 욕망을 지니고 있음을 의심할 필요는 없지만, 그들의 이론이 "새로운 권력의 패러다임"의 맥락에서 어떤 유용성이 있는지를 조사하는 것이 중요하다고 주장한다(138). 그들이 말하는 "새로운 권력의 패러다임" 혹은 "오늘날의 진정한 적"은 "제국 주권

패러다임"에 대한 인식이 없이는 충분히 파악될 수 없다.

하트와 네그리는 "제국"Empire은 고정된 경계들에 의존하는 민족국가의 주권 개념을 토대로 하는 "제국주의"imperialism와는 달리, "열린, 확장하는 국경들 안에서 전 지구적 영역을 점진적으로 편입시키는, 탈중심화되고 탈영토화하는 지배기구"라고 말한다(xii). 그들에 의하면 "제국"은 "권력과 대항권력의 네트워크"로서 "이러한 제국적 팽창은 제국주의와는 관계가 없고 정복, 약탈, 집단학살, 식민화, 그리고 노예제를 위해 고안된 국가 조직체들과도 관계가 없다. 그러한 제국주의들과 대립하여 '제국'은 네트워크 권력의 모델을 확장하고 공고하게 한다"(167)고 쓰고 있다.

그들이 사용하는 "제국"이라는 용어는 "주변부에서 거대한 자본의 도시로 공물이 이동하는 체계"를 지칭하는 것이 아니라 "모든 것을 전지구화하는 권력의 확산하는 익명적 네트워크"를 뜻한다(발라크리슈난 14). 다른 말로 구별하면, "제국주의"는 하나나 둘 이상의 주권이 다른 주권들에게 강제적으로 자신들의 의지를 부과하는 침략적인 지배구조를 지칭하고, "제국"은 모든 사람들을 전지구적 자본주의 체제 속으로 편입시키는 규칙들과 규정들의 익명적 네트워크를 지칭한다(Benhabib 16). 하트와 네그리는 "제국" 개념의 특징들을 4가지로 정리한다.

> 첫째는 영토적 경계 혹은 한계가 없다는 것,
> 둘째는 역사를 중지시키고 현상태를 고정된 질서로 나타낸다는 것,
> 셋째는 인간 상호작용을 규제할 뿐만 아니라 인간본성을 직접 지배
> 하려고 한다. 전형적인 생체권력biopower으로서 사회생활 전
> 체를 지배한다.
> 넷째는 역사를 벗어난 영원하고 보편적인 평화에 집착한다.
>
> (『제국』 19-20)

그 4가지 외에도 "제국"은 "하이브리드 아이덴티티들"hybrid identities
의 양산을 특징으로 한다는 것도 덧붙일 수 있다. 또한 그들은 "제국"의 특
성에 대해 질 들뢰즈Gilles Deleuze와 펠릭스 가타리Félix Guattari의 개념들을
이용하면서 다음과 같이 설명한다. "제국주권의 공간은 이분법적 분할 또
는 근대적 경계의 홈 패인 공간으로부터 자유로운 것처럼 보일지도 모른
다. 하지만 실제로 제국주권의 공간은 아주 많은 잘못된 선들에 의해 교차
되어서 계속적이고 획일적인 공간으로 보일 뿐이다. … 제국의 이런 매끄
러운 공간 속에서, 권력의 장소는 없다-권력의 장소는 도처에 있지만 또
한 어디에도 없다. 제국은 우토피아ou-topia[無-場所], 즉 사실상 무장소
non-palce이다"(『제국』 257).

하트와 네그리가 묘사하는 "제국"은 탈영토화deterritorialization와 탈
주선line of flight의 흐름을 특징으로 하는 매끄러운 공간smooth space으로서
그것은 모더니티의 홈 패인 공간striated space과 다른 노마디즘nomadism 혹
은 노마돌로지nomadology의 공간이라고 할 수도 있는데, 그런 공간에서 코
스모폴리타니즘이 활성화될 수 있다.

미카 나바Mica nava가 지적하는 것과 같이, 포스트콜로니얼리스트들
은 배제와 차별화에 의한 상처를 찾아내려는 정치적 열망 때문에, 그런 식
민화 경향에 대한 대립적 역류에 대해서는 외면해 버린 경향이 있었다. 나
바는 식민화 경향에 대한 대립적 역류를 "모더니티의 코스모폴리턴 역류"
the cosmopolitan countercurrents of modernity라고 부른다(275).[18]

자본의 흐름과 디아스포라, 난민들, 이주자들, 망명자들 등이 형성하

---

18) 미카 나바는 포스트콜로니얼 비평가들이 정부나 박물관들과 같은 제도들이 지닌 "원형감옥
적 통제적 응시"the panoptic controlling gaze와 주로 여성들에 의해 실행되는 영화나 상업적
영역에서 작동되는 구경과 소비와 같은 "유동적 플라네리의 응시"mobile gaze of *flanerie*를
구별하지 않는 것도 한계라고 본다(275).

는 "코스모폴리티컬 공동체 정신"은 유럽과 이른바 위대한 전통의 지방화, 미시서사micronarrative의 확장 등으로 이어지는데, 탈영토화가 가속화되는 세계에서 특수한 장소에 아이덴티티를 제한시키는 모더니스트적 민족주의는 우리 시대가 지향해야 하는 방향에 역행하는 이데올로기가 된다. 한편 코스모폴리타니즘은 자신의 영토화된 특수한 사회를 넘어서는 사유, 행동, 감정의 방식으로서 들뢰즈와 가타리가 철학적으로 성찰한 노마디즘nomadism 혹은 노마돌로지nomadology와 동일한 방향의 지향이라고 볼 수 있다.

마틴 제이Martin Jay의 설명에 따르면, 우리시대의 특징은 반시각중심주의적anti-ocularcentric, 반총체화적anti-totalizing, 반동질화적anti-homogenizing이며, 특수성, 차이, 그리고 타자성에 대한 반메타내러티브적anti-metanarrative 예찬이라고 정리할 수 있다(47). 여기서 "반시각중심주의적"이라는 것은 특히 프랑스의 포스트구조주의 이론가들의 반시각중심주의적 담론, 즉 시각중심주의에 대한 비판과 관련하여 논의되고 있는데, 마찬가지로 그것은 포스트콜로니얼리즘 담론에서도 검토될 가치가 있다.

서양의 지배적인 문화적 전통에서 시각이 차지했던 지위에 대해 근본적인 의문을 제기한 포스트구조주의자들의 반시각중심주의적 담론 혹은 눈에 대한 질문제기는 계몽주의 프로젝트(혹은 모더니티)와 데카르트적 원근법주의perspectivalism를 겨냥한 것이다. 같은 맥락에서 시각중심주의 혹은 시각적 지각양식에 대한 강조가 유럽의 식민주의에도 내재되어 있다는 것을 확인할 필요가 있다.

서양에서 20세기초 모더니즘의 발생과 함께 동반된 문화적 변화 양상도 시각과 관련하여 정리될 수 있다. 사진, 영화와 같은 시각적 테크놀로지의 발달에 의해 지각작용이 생성되는 방식의 변화가 야기되었는데, 이와 같은 문화적 변화 양상은 시각이 신뢰할만한 지식을 전달하는 능력이 있는가라는 물음에 대한 논의와 함께, 시각에 수반되는 폭력의 형식에 대한, 넓은 뜻에서의 포스트콜로니얼리즘 비판을 야기하게 되었다.

이러한 비판의 한 갈래를 기 드보르Guy Debord가 전개한 "스펙터클" spectacle에 대한 논의에서 볼 수 있다. 그는 "현실적 세계가 단지 이미지들에 지나지 않는 것들로 변형될 때 … 스펙터클이 하는 일은 더 이상 직접적으로 파악할 수 없는 세계를 우리에게 '보여주기' 위해 다양하게 특수화된 중개물들을 사용하는 것이기 때문에 자연히 그것은 시각을 촉각이 한때 차지했던 특별한 상위의 위치로 고양시킨다"고 말하면서, 시각을 "가장 추상적이고 가장 쉽게 기만당하는 감각"이라고 진단하고, "스펙터클"은 "대화의 대립물"이라고 비판한다(*Society* 11).

그런데 "스펙터클"이 아닌 것, 즉 "스펙터클"의 대립물인 "대화"는 종교와 관련된 차원에서 심층적으로 논의될 수 있는 것이 아닐까? "렐리가레"*religare*라는, 영어 단어 "religion"의 라틴어 어원이 "다시 결합하기"라는 뜻을 지닌 것과 같이, 특정의 종교가 아니라 본래적 의미에서의 "종교"와 관련된 논의가 포스트콜로니얼 시각성postcolonial visuality에 대한 이해에서도 요구되는 것 같다.

물론 "종교"라는 범주가 "계몽주의와 제국주의의 역사에 근거한 기독교적, 서양적 구성"(Darroch 178)이라는 설명도 있다. "특정의 마음의 상태 혹은 행위양식을 묘사하는 본질주의적 방식이 아니라 권력의 교환과 권력관계의 특정 순간들을 설명하기 위해 이용한 분류법"(Darroch 178)이라는 것이다. 그러나 종교적 공동체는 국가나 정치적 공동체와는 달리 특별한 영토적 공간에 토대를 두거나 그것에 한정되지 않는다. 초국가성 transnationality이 특정 종교의 전통 형성에 근간이 되는 경우가 많다. 물론 특정의 장소들을 성스러운 것으로 보는 것, 즉 힌두교에서 갠지스강이나 기독교와 유태교에서의 성지, 이슬람교에서의 메카Mecca나 메디나Medina와 같이 특정의 장소에 대한 애착도 있지만 이 종교들의 영역은 그런 장소들을 초월한다. 보편화하는 종교들에 의해 추구되는 합일communion은 적어도 이론상으로는 민족, 국가, 인종 혹은 문화적 차이의 제한을 초월한다. 이 점에서 코스모폴리타니즘의 문제는 종교와 결부되어 논의될 필요가 있을 것이다. 브라이언 S. 터너Bryan S. Turner가 지적하듯이, "민족주의가 자유주의적 형태를 취할 수도 있고, 반동적 형태를 취할 수도 있는 것과 같이 종교는 복음주의적/코스모폴리탄ecumenical/cosmopolitan 지향이나 혹은 근본주의적 지향을 발전시킬 수 있다"(348).

콕-초르 탄Kok-Chor Tan은 "도덕적 코스모폴리타니즘은 개인이 도덕적 가치와 관심의 궁극적 단위이며 … 우리가 확립해야 하는 제도들은 우리의 선택들에 의해 영향을 받게 될 각자의 주장들에 대한 공평한 고려에 토대를 두어야 한다"(94)고 말한다. 다른 말로 하면, 도덕적 코스모폴리타니즘은 전지구적 제도들의 정당한 토대에 대해 관심을 가진다는 것이다. 코스모폴리타니즘에 대한 이러한 해석은 세계국가a world state라는 관념을 필요로 하지 않는다.

콕-초르 탄은 리버럴리즘과 코스모폴리타니즘의 관련에 대해 논하고 있다. 리버럴리즘은 분배 정의에 대한 코스모폴리타니즘적 이해를 지니는 것인데, 민족이나 국가의 차이와 무관하게 세상의 모든 개인들에 대해 공평하게 적용되어야 하는 분배적 원리를 가져야 한다는 것이다. 그런데 리버럴리즘 내부에는 민족주의 이론이 함축되어 있다는 점을 지적하는 리버럴 이론가들이 많아지고 있다. 리버럴리즘(혹은 자유주의)과 민족주의가 모순, 대립적인 것이 아니고, 양립될 뿐만이 아니라 상호 강화하는 이상들이라는 것이다. 콕초르 탄에 의하면 "민족주의가 그것을 순치하고 그것에 도덕적 제한들을 설치하기 위해 리버럴리즘을 필요로 하는 것과 같이 리버럴리즘은 그것의 목적을 성취하기 위해 민족주의를 필요로 한다"(85). 또한 자유주의적 민족주의자들은 개인적 자율성과 민주주의라는 중핵적인 리버럴 가치들이 가장 잘 실현될 수 있는 것은 민족적 문화의 맥락 내부에서라고 주장한다. 그렇다면 우리가 제기해 볼 수 있는 문제는 "자유주의적 민족주의자"a liberal nationalist이면서 동시에 "코스모폴리탄 자유주의자"a cosmopolitan liberal가 될 수 있는가? 라는 것이다.

콕초르 탄은 코스모폴리탄 자유주의자는 자유주의적 민족주의 독트린을 부정하거나 코스모폴리타니즘과 민족주의 사이의 양립불가능성에 대해 부정하는 수밖에 없다고 한다(86). 자유주의자가 민족주의를 부정하지 않을 때 코스모폴리타니스트가 된다는 것이다. 자유주의적 국가는 "얇은" 민족문화"thin" national culture를 추진하는데, 그것은 공통된 언어와 법, 교육, 경제와 같은 사회적 삶의 다른 영역들을 포괄하는 공적 제도들에 의해 특징 지워진다. "두꺼운" 종족적-문화"thick" ethno-culture는 공통된 종교적 믿음, 가족적 풍습, 개인적 삶의 스타일들에 의해 규정된다(90). 이것은 시민적 민족주의civic nationalism와 종족적 민족주의ethnic nationalism의 구별이다. 시민적 민족주의를 따르는 자유주의적 민족주의자의 경우는 자유주의적 민족주의와 코스모폴리타니즘이 양립된다고 볼 것이다.

포스트콜로니얼 삶의 양식은 타인에 대한 비합리적 억압과 지배에 대한 우리의 비판을 구체적으로 어떻게 가능하게 하는가? 이러한 물음에 대해 충분히 고려해 보기 위해서는 위르겐 하버마스Jürgen Habermas가 말한 생활세계의 식민지화, 즉 "집단적인 의지형성의 공간이 경제적 체계나 행정적 체계의 침략적인 논리에 의해 식민화되는 상황"을 극복하는 방법들에 대해 살펴볼 필요가 있다. 즉 평화운동, 환경보호운동, 페미니스트 운동, 소수민족의 해방과 복지를 위한 운동, 지방자치를 위한 운동과 근본적인 종교운동 등과 같은 신사회운동new social movement이 생활세계의 식민지화에 대한 저항의 방식들이 된다는 것이다(톰린슨 293).

사이드가 에리히 아우얼바하Erich Auerbach의 도덕적 관찰에 대해 동의하면서 인용한 것과 같이 "우리의 문헌학적 고향은 지구이다. 그것은 더 이상 국가가 아니다"(*The World* 7)라는 명제가 포스트콜로니얼리즘과 코스모폴리타니즘의 방향을 예시한다고 볼 수 있을 것이다.

폴 길로이Paul Gilroy가 코스모폴리타니즘의 지역적 형식의 필요성에 대해 말하고, 평범한 삶 속에서 구체적으로 만나게 되는 다양한 차이들에 대한 존중, 즉 "듣기, 보기, 배려하기, 우정"과 같은 일상적인 덕행들을 중시하는 "행성적 의식"planetary consciousness 혹은 "행성적 휴머니즘" planetary humanism의 배양을 강조하는 것도 참고할 만하다(*Between Camps* 356). 그것은 자신의 입장만을 견고하게 지키려는 편협한 태도, 즉 인종이나 민족과 같은 관념들에만 의존하는 배타적인 정치학을 극복하는 방식이라고 할 수 있다.

인용문헌

난디, 아쉬스. 『친밀한 적: 식민주의 시대의 자아의 상실과 재발견』. 이옥순
　　역. 서울: 신구문화사, 1993.

로빈슨, 더글러스. 『번역과 제국: 포스트식민주의 이론 해설』. 정혜욱 역. 서
　　울: 동문선, 2002.

발라크리슈난, 고팔. "서론." 『제국이라는 유령: 네그리와 하트의 제국론 비판』.
　　알렉스 캘리니코스 외 지음. 김정한, 안중철 역. 서울: 이매진, 2007:
　　11-28.

사이드, 에드워드. 『오리엔탈리즘』. (개정증보판) 박홍규 역. 서울: 교보문고,
　　2009.

＿＿＿. 『문화와 제국주의』. 박홍규 역. 서울: 문예출판사, 2005.

송무. 『영문학에 대한 반성』. 서울: 민음사, 1997.

스피박, 가야트리. 『포스트식민이성 비판』. 태혜숙·박미선 역. 서울: 도서출
　　판 갈무리, 2005.

애피아, 콰메 앤터니. 『세계시민주의: 이방인들의 세계를 위한 윤리학』. 실천
　　철학연구회 역. 바이북스, 2008.

영, 로버트 J.C. 『포스트식민주의 또는 트리컨티넨탈리즘』. 김택현 역. 서울: 박종철 출판사, 2005.

_____. 『백색신화: 서양이론과 유럽중심주의 비판』. 김용규 역. 부산: 경성대 출판부, 2008.

윤혜린. "사이버 공간의 여성 체험." 『정보매체의 지구화와 여성』. 장필화 외. 서울: 이화여자대학교출판부, 2002: 42-81.

주은우. 『시각과 현대성』. 서울: 한나래, 2003.

톰린슨, 존. 『문화제국주의』. 강대인 역. 서울: 나남출판, 1994.

키츠, 존. 『가을에 부쳐』. 김우창 역. 서울: 민음사, 1976.

파농, 프란츠. 『대지의 저주받은 사람들』. 남경태 역. 서울: 그린비, 2004.

하트, 마이클과 안토니오 네그리. 『제국』. 윤수종 역. 서울: 이학사, 2009.

황, 데이비드 헨리. 『M. 나비』. 이희원 역. 서울: 도서출판 동인, 2009.

Agrawal, B.R. *Mulk Raj Anand*. London: Atlantic Publishers & Distributors Ltd., 2006.

Alloula, Malek. *The Colonial Harem*. Trans. Myrna Godzicj and Wlad Godzich. Minneapolis: U of Minnsota P, 1986.

Anand, Mulk Raj. *Untouchable*. London: Penguin Books, 1935.

Anderson, Benedict. *Imagined Communities: Reflections on the Origin and Spread of Nationalism*. London: Verso, 1991.

Arnold, Matthew. "The Study of Poetry." *Critical Theory Since Plato*. Ed. Hazard Adams. Irvine: U of California P, 1971.

Ashcroft, Bill and Gareth Griffith, Helen Tiffin. *The Empire Writes Back: Theory and Practice in Postcolonial Literatures*. London: Routledge, 2002.

_____. *Post-Colonial Studies: The Key Concepts*. London: Routledge, 2000.

Atkins, E. Taylor. *Primitive Selves: Koreana in the Japanese Colonial Gaze*.

1910-1945. Berkeley: U of California P, 2010.

Barry, Peter. *Beginning Theory: An Introduction to Literary and Cultural Theory*. Manchester: Manchester UP, 2009.

Barthes, Roland. *Camera Lucida: Reflections on Photography*. Trans. Richard Howard. New York: Farrar, Straus and Giroux, Inc., 1981.

Beck, Ulrich. *The Cosmopolitan Vision*, Trans. Ciaran Cronin. Malden: Polity Press, 2006.

Benhabib, Seyla. *Another Cosmopolitanism*. London: Oxford UP, 2006.

Best, Steven and Douglas Kellner. *Postmodern Theory: Critical Interrogations*. New York: Guilford, 1991.

Bhabha, Homi, *The Location of Culture*. New York: Routledge, 1995.

_____. "Of Mimicry and Man." *Tensions of Empire: Colonial Cultures in a Bourgeois World*. Eds. Frederick Cooper and Ann Laura Stoler. Berkeley: U of California P, 1997: 152-60.

_____. "The Third Space: Interview with Homi Bhabha." *Identity, Commmunity, Culture, Difference*, ed. J. Rutherford. London: Lawrence & Wishart, 1990: 207-21.

Boehmer, Elleke. *Colonial & Postcolonial Literature*. London: Oxford UP, 2005.

Boer, Inge E. *Disorienting Vision: Rereading Stereotypes in French Orientalist Texts and Images*. New York: Rodopi, 2004.

Bogue, Ronald. *Deleuze and Guattari*. London: Routledge, 1989.

Braziel, Jana Evans and Anita Mannur. "Nation, Migration, Globalization: Points of Contention in Diaspora Studies." in *Theorizing Diaspora*. Eds. Braziel and Mannur. Oxford: Blackwell, 2003.

Brooks, Cleanth. *Modern Poetry and Tradition*. Chapel Hill: U of North

Carolina P, 1967.

Chabal, Patrick. *Amilcar Cabral: Revolutionary leadership and people's war.* Cambridge: Cambridge UP, 1983.

Chaudhuri, Amit. Ed. *The Picador Book of Modern Indian Literature.* London: Picador, 2001.

Cheah, Pheng. *Inhuman Conditions: On Cosmopolitanism and Human Rights.* Cambridge: Harvard UP, 2006.

Chow, Rey. *The Protestant Ethnic and The Spirit of Capitalism.* New York: Columbia UP, 2002.

Chrisman, Laura. *Postcolonial Contraventions: Cultural Readings of Race, Imperialism and Transnationalism.* Manchester: Manchester UP, 2003.

Cohen, Robin. *Global Diasporas* London: UCLA P, 1997.

Coombes, Annie E. "Museums and the Formation of National and Cultural Identities." Carbonell, Bettina Messias Ed. *Museum Studies: An Anthology of Contexts.* Malden: Blackwell Publishing, 2004: 231-46.

Craige, Betty Jean. *Laying the Ladder Down: The Emergence of Cultural Holism.* Amherst: U of Massachusetts P, 1992.

_____. *American Patriotism in a Global Society.* Albany: State U of New York P, 1996.

Darroch, Fiona. *Memory and Myth: Poscolonial Religion in Contemporary Guyanese Fiction and Poetry.* New York: Rodopi, 2009.

Debord, Guy. *Comments on the Society of the Spectacle.* Trans. Malcolm Imrie. London: Verso, 1988.

_____. *Society of the Spectacle.* Trans. Ken Knabb. London: Rebel P, 1983.

Deleuze, Gilles and Guattari, Felix. *Anti-Oedipus.* Minneapolis: U of Minnesota P, 1983.

_____. *A Thousand Plateaus.* Minneapolis: U of Minnesota P, 1987.

Dirlik, Arif, *The Postcolonial Aura: Third World Criticism in the Age of Global Capitalism.* Boulder: Westview, 1997.

Dorst, John. "Postcolonial Encounters: Narrative Constructions of Devils Tower National Monument." *Postcolonial America.* Ed. C. Richard King. Chicago: U of Illinois P, 2000. 303-20.

Doy, Gen. *Black Visual Culture: Modernity and Postmodernity.* New York: I.B. Tauris, 2000.

Edwards, Justin D. *Postcolonial Literature: A Reader's Guide to Essentialist Criticism.* New York: Palgrave Macmillan, 2008.

Eileraas, Karina. "Disorienting Looks, *Ecarts d'identie.*" Inge E. Boer ed. *After Orientalism: Critical Entanglements and Productive looks.* New York: Rodopi, 2003: 23-44.

Eisenhofer, Stefan. "Beyond Arcadia: The San and the 'Colonial Gaze'" Hella Rabbethge-Schiller. *Memory and Magic.* Johannesburgh: Jacana Media, 2006: 9-12.

Ellmann, Richard. *The Identity of Yeats.* London: Faber and Faber, 1954.

_____. *The Man and the Masks.* New York: E.P. Dutton, 1958.

Ezenwa-Ohaeto. *Chinua Achebe: A Biography.* Bloomington: Indiana UP, 1997.

Fine, Robert. *Cosmopolitanism.* London: Routledge, 2007.

Frost, Mervyn. *Global Ethics: Anarchy, Freedom and International Relations.* London: Routledge, 2009.

George, C.J. *Mulk Raj Anand: His Art and Concerns.* New Delhi: Atlantic Publishers, 1994.

Gilbert, Sandra. *The Poetry of William Butler Yeats.* New York: Monarch P,

1965.

Gilman, Sander L. *Difference and Pathology: Stereotypes of Sexuality, Race and Madness.* Ithaca: Cornell UP, 1985.

Gilroy, Paul. *After Empire: Melancholia or Convivial Culture?* New York: Taylor & Francis, 2004.

_____. *The Black Atlantic: Modernity and Double Consciousness.* London: Verso, 1993.

_____. *Between Camps: Nations, Cultures and the Allure of Race.* London: Allen Lane, 2000.

Guindi, Fedwa El. *Visual Anthropology: Essential Method and Theory.* Walnut Creek: AltaMira P, 2004.

Hardt, Michael and Antonio Negri, *Empire.* Cambridge: Harvard UP, 2000.

Held, David. *Cosmopolitanism: Ideals and Realities.* Cambridge, Polity Press, 2010.

Henn, T.R. *The Harvest of Tragedy.* London: Methuen, 1966.

_____. *The Lonely Tower.* London: Methuen, 1950.

Hitchcock, Louise A. *Theory for Classics: A Student's Guide.* New York: Routledge, 2008.

Holland, Eugene W. "The Anti-Oedipus: Postmodernism in Theory; or, the post-Lacanian Historical contextualization of Pychoanalysis." *Critical Inquiry* XIV. 1,2 (1985/1986): 291-307.

Huddart, David. *Homi K. Bhabha.* London: Routledge, 2006.

Innes C.L. *The Cambridge Introduction to Postcolonial Literatures in English.* Cambridge: Cambridge UP, 2007.

Ishikawa, Chiyo. *Spain in the age of exploration, 1492-1819.* Lincoln: U of Nebraska P, 2004.

Jay, Martin. *Downcast Eyes: The Denigration of Vision in Twentieth Century French Thought.* Berkeley: U of California P, 1994.

Jeffares, A. Norman. *A Commentary on the Collected Poems of W.B.Yeats.* London: Macmillan, 1968.

Kaul, Suvir. *Eighteenth Century British Literature and Postcolonial Studies.* Edinburgh: Edinburgh UP, 2009.

Kermode, Frank. *The Sense of an Ending.* London: Oxford UP, 1967.

King, Richard. "Mysticism and Spirituality." *The Routledge Companion to the Study of Religion.* 2nd edition. Ed. John Hinnells. London: Routledge, 2010: 323-38.

Knippling, Alpana Sharma. "Hanif Kureishi," in *Writers of the Indian Diaspora: A Bio-Bibliographical Critical Sourcebook*, Ed. Emmanuel S. Nelson. West CT: Greenwood, 1993.

Kreps, Christina. "Non-Western Models of Museums and Curation in Cross-cultural Perspective." Macdonald, Sharon. *A Companion to Museum Studies.* Malden: Blackwell Publishing, 2006: 457-72.

Krishna, Sankaran. *Globalization and Postcolonialism: Hegemony and Resistance in the Twenty-first Century.* Plymouth: Rowman & Littlefield, 2009.

Kureishi, Hanif. *The Buddha of Suburbia.* London: Penguin, 1990.

Langbaum, Robert. *The Poetry of Experience.* Bungay: Chaucer P, 1957.

Longhurst, Brian et. als. *Introducing Cultural Studies.* second edition. Essex: Prentice Hall, 2008.

Loomba, Ania. *Colonialism/Postcolonialism.* second edition. London: Routledge, 2005.

Luts, Catherine and Jane Lou Collins. *Reading National Geographic.* Chicago:

U of Chicago P, 1993.

Lutz, Tom. *Cosmopolitan Vistas: American Regionalism and Literary Value.* Ithaca: Cornell UP, 2004.

Mason, Peter. *Infelicities: representations of the exotic.* Baltimore: Johns Hopkins UP, 1998.

McLeod, John. *Beginning Postcolonialism.* New York: Manchester UP, 2010.

Miller, J. Hillis. *Poets of Reality.* Cambridge: Belknap, 1966.

Mitchell, Timothy. "Orientalism and the Exhibitionary Order." *The Visual Culture Reader.* 2nd Edition. Ed. Nicholas Mirzoeff. New York: Routledge, 2002: 495-505.

Moore-Gilbert, Bart. *Postcolonial Theory: Contexts, Practices, Politics.* Verso, 1997,

Morgan, David. T*he Sacred Gaze: Religious Visual Culture in Theory and Practice.* Berkeley: U of California P, 2005.

Morton, Stephen. *Gayatri Chakravorty Spivak..* London: Routledge, 2002.

Nava, Mica. "Cosmopolitan Modernity: Everyday Imaginaries and the Register of Difference." *Theory, Culture & Society.* 19(1-2) (2002): 81-99.

Nochlin, Linda. *The Politics of Vision: Essays on Nineteenth-Century Art and Society.* New York: Thames & Hudson, 1991.

Nodelman, Perry. *The Hidden Adult: Defining Children's Literature.* Baltimore: The Johns Hopkins UP, 2008.

Nowicka, Magdalena and Maria Rovisco. Eds. *Cosmopolitanism in Practice.* Burlington: Ashgate, 2009.

Ogbaa, Kalu. *Understanding Things Fall Apart.* Westport: Greenwood P, 1999..

Paolini, Albert J. *Navigating Modernity: Postcolonialism, Identity, and*

International Relations, Eds. Anthony Elliott and Anthony Moran. Boulder: Lynne Rienner, 1999.

Parry, Benita. "Directions and Dead Ends in Postcolonial Studies." Goldberg, David Theo and Ato Quayson, eds. *Relocating Postcolonialism*. Malden: Blackwell, 2002: 66-81.

Pratt, Mary Louise. *Imperial Eyes: Travel Writing and Transculturation*. London: Routledge, 1992.

Preminger, Alex et. al. eds. *Princeton Encyclopedia of Poetry and Poetics*. Princeton: Princeton UP, 1965.

Procter, James. "Diaspora." *The Routledge Companion to Postcolonial Studies*. Ed. John McLeod. London: Routledge, 2007: 151-57.

Ramazani, Jahan. *The Hybrid Muse: Postcolonial Poetry in English*. Chicago: U of Chicago P, 2001.

Regueiro, Helen. *The Limits of Imagination: Wordsworth, Yeats and Stevens*. Ithaca: Cornell UP, 1976.

Rieder, John. *Colonialism and the Emergence of Scientific Fiction*. Middletown: Wesleyan UP, 2008.

Rose, Gillian. *Visual Methodologies: An Introduction to the Interpretation of Visual Materials*. London: Sage, 2007.

Rosenberg, John D. Ed. *The Genius of John Ruskin: Selections from His Writings*. New York: Routledge Kegan & Paul, 1980.

Rothenberg, Tamar Y. *Presenting America's World: Strategies of Innocence in National Geographic Magazine, 1888-1945*. Burlington: Ashgate Publishing, 2007.

Rudd, Margaret. *Divided Image: A Study of William Blake and W.B. Yeats*. London: RKP, 1953.

Rushdie, Salman and Elizabeth West. Eds. *Mirrorwork: 50 Years of Indian Writings 1947-1997.* New York: Henry Holt and Company, 1997.

Said, Edward. *The World, the Text, the Critic.* Cambridge: Harvard UP, 1983.

Sandten, Cecile. "East is West: Hanif Kureishi's Urban Hybrids and Atima Srivastava's Metropolitan Yuppies," in *Towards a transcultural future: literature and society in a 'post'-Colonial World,* eds. Geoffrey V. Daqvis et als. New York: Rodopi, 2005: 373-86.

Schwartz, Henry and Sangeeta. Ray, Eds. *A Companion to Postcoloinial Studies.* Malden: Blackwell, 2000.

Singh, Amritjit and Bruce G. Johnson. *Interviews with Edward W. Said.* Jackson: UP of Mississippi, 2004.

Smith, Terry. "Visual Regimes of Colonization." Mirzoeff, Nicholas. Ed. *The Visual Culture Reader.* London: Routledge, 2002: 483-94.

Snukal, Robert. *High Talk: The Philosophical Poetry of W.B.Yeats.* Cambridge: Cambridge UP. 1973.

Spivak, Gayatri, *The Post-Colonial Critic: Interviews, Strategies, Dialogues.* Ed. Sarah Harasym. London: Routledge, 1990.

_____. "Can the Subaltern Speak?", Cary Nelson and Lawrence Grossberg, Eds. *Marxism and the Interpretation of Culture.* London: Macmillan, 1988.

_____. "Translator's Preface." *Mahasweta Devi's Imaginary Maps.* New York: Routledge, 1995.

Street, Linda. *Veils and Daggers: A Century of National Geographic's Representation of the Arab World.* Philadelphia: Temple UP, 2000.

Sturken, Marita and Lisa Cartwright. *Practices of Looking: An Introduction to Visual Culture.* Oxford: Oxford UP, 2001.

Talib, Ismail S. *The Language of Postcolonial Literatures: An Introduction*. London: Routledge, 2002.

Tan, Kok-Chor. *Justice without Borders: Cosmopolitanism, Nationalism, and Patriotism*. Cambridge: Cambridge UP, 2004.

Thieme, John. *Postcolonial Con-Texts: Writing Back to the Canon*. New York: Continuum, 2001.

Thiong'o, Ngugi wa. *Decolonising the Mind: The Politics of Language in African Literature*. London: James Currey, 1981.

Turner, Bryan S. "Cosmopolitan Virtue: On Religion in a Global Age." *European Journal of Social Theory*. 4 (2) (2001): 131-52.

Unterecker, John. *A Reader's Guide to William Butler Yeats*. New York: Farrar, Strauss & Giroux, 1959.

Varisco, Daniel Martin. *Reading Orientalism: Said and the Unsaid*. Seattle: U of Washington P, 2007.

Vendler, Helen. *Yeats's Vision and the Later Plays*. Cambridge: Harvard UP. 1963.

Vertovec, Steven and Robin Cohen, Eds., *Conceiving Cosmopolitanism: Theory, context, and Practice*. Oxford: Oxford UP, 2003.

Waldron, Jeremy. "Cosmopolitan Norms." Seyla Benhabib. *Another Cosmopolitanism*. London: Oxford UP, 2006: 83-101.

Weaver, Jace. "Indigenousness and Indigeneity." Schwarz, Henry and Sangeeta Ray, Eds., *A Companion to Postcolonial Studies*. Malden: Blackwell, 2000: 221-35.

Yeats, W.B. *Autobiographies*. London: Macmillan, 1961.

_____. *The Collected Poems of W.B. Yeats*. London: Macmillan, 1950.

_____. *Essays and Introductions*. New York: Macmillan, 1961.

_____. *A Vision*. London: Macmillan, 1937.

Yousaf, Nahem. *Hanif Kureishi's The Buddha of Suburbia: A Reader's Guide*. London: The Continuum International Publishing Group Ltd., 2002.

Zizek, Slavoj. *Looking Awry: An Introduction to Jacques Lacan through Popular Culture*. Cambridge: MIT P, 1991.

색인

지은이 정형철

정형철은 고려대학교 대학원에서 근대영문학 전공으로 문학석사와 박사학위를 받았으며, University of Georgia에서 비교문학 전공으로 박사학위를 받았다. University of Pennsylvania에서 연구학자로 있었으며, 현재 부산외국어대학교 영어학부의 교수이다. 저서는 『현대미국문학비평의 흐름과 포스트모던 이론』, 『들뢰즈와 가타리』, 『영미문학과 디지털 문화』(2008년 문화관광부 우수학술도서) 등이 있으며, 역서는 『비평적 실천: 포스트구조주의 문학이론의 이해와 적용』, 『들뢰즈와 시네마』, 『가이디드 이미저리』 등이 있다.

포스트콜로니얼리즘과 코스모폴리타니즘

초판1쇄 발행일 2013년 2월 25일

지은이 정형철
발행인 이성모
발행처 도서출판 동인
주 소 서울시 종로구 명륜2가 237 아남주상복합아파트 118호
등 록 제1-1599호
TEL   (02) 765-7145 / FAX: (02) 765-7165
E-mail dongin60@chol.com / Homepage: donginbook.co.kr
ISBN   978-89-5506-529-9
정가   16,000원